丹波田園物語

西安 勇夫

東京図書出版

丹波田園物語 ❖ 目次

突然の返却

1

二〇一七（平成二十九）年の小正月に降った雪は、十二年ぶりの大雪となり、湿った重い雪が五十センチ近く積もった。

雪が止んだ昼下がり、阿部修《あべおさむ》の携帯が鳴った。

「はい」

「もしもし、太郎やけど何しとんや？」

電話は坂口太郎《さかぐちたろう》からである。

「雪かきや」

「今から行ってもよいか？」

「ええで、きないや」

数分後、二軒隣に住んでいる坂口がやってきた。そして、修に思いもよらない話をしたのである。

「急で悪いんやけど、今年から田んぼを返したいんや」

坂口は修の田んぼの小作をしている。

「え、何で？」

坂口は昨年九月八日に脳梗塞を患い十月十四日まで入院していた。幸い右半身に少し痺れは残ったが動くようになった。

あのときの話し合いでは、今年から修が畦畔《けいはん》の草刈りをすることで、小作は今まで通り坂口がやることになっていた筈である。

「実はこの前夜中にトイレに行ったら、体が痺れて動けんようになってしもうてな。次の日病院へ行ったら、検査入院せえ言われたんや」

「再発？」

「三日間精密検査して、とりあえず異常なしということやったんやけど……」

「よかった」

「そのとき、医者に言われたんや」

「何を？」

「単独行動は駄目、安静に暮らすようにと。まー、急で悪いんやけど、そんなわけやから田んぼ返すわ」

坂口は人の田を借りて五町歩ほどの米作りをしている。ＪＲ西日本で運転手をしていたが五十五歳で早期退職をして米作りを始め、今年六十七歳になっていた。

　昔の米作りは二町も作れば十分ペイ（割が合う）できたが、米価が下がって今では四町がペイライン（売上五百万円前後）である。

　修は四枚の田んぼを父から相続している。そのうちの三枚が美《み》和《わ》川《がわ》沿いにあり、それを坂口に貸していた。

　残りの一枚は家の近くにあるのだが、それも人に貸しているので、修は全く農業をしていない。

　坂口に貸している三枚の田の合計面積は四五五三㎡である。四五五三㎡は一三八〇坪で、４ＬＤＫの立派な家が四十軒近く建つ広さである。しかし、この田舎町にニュータウンなど期待できない。

　これからどうするかよりも、坂口が病気なので修の返事はひとつしかない。

「分かりました」

「ありがとう」

　坂口は頭を下げて帰っていった。

　修が坂口に貸している田んぼの詳細は次の通りである。

呼称	所在地	面積
①川角大町《かわすみおおまち》	市島町与戸《よと》字与戸二五二七番一	二七一五㎡（八二三坪）
②川角小町《かわすみこまち》	市島町与戸字与戸二二八四番一	一二六〇㎡（三八二坪）
③南田《みなみだ》	市島町酒梨《さなせ》字南七九番一	五七八㎡（一七五坪）
	合計	四五五三㎡（一三八〇坪）

一月末に農会に提出する「作物作付計画書」にはとりあえず「自己保全管理」と記入して、今後のことは後で考えることにした。

全国の耕作放棄地は約四十万ヘクタールあり、その面積は奈良県よりも広い。日本の農業は坂口のような高齢者が支えている。彼等の体が動かなくなると耕作放棄地が増えていく。食糧自給率がたった三十八パーセントの日本に耕作放棄地が増え続けるのだ。この「日本農業のジレンマ」の渦中に修は突然放り込まれた。

幻の太陽光発電

1

二〇一七（平成二十九）年二月五日(日)。

今日は伊勢講の勤講《きんこう》である。修は講元《こうもと》だったので勤講の段取りをした。

伊勢講はもともと伊勢神宮の参詣《さんけい》を目的に集まった講である。修の講には七人の講員がいる。講の幹事を講元と呼ぶ。講元は順番の当番制で、毎年二月に勤講をして、ご馳走を食べながら談笑する。そして、五年ごとに自治会一斉に帳破りをする。

講元は一年間できる限り精進に努め、特に葬儀の際はなるべく寺人足、香典係等の役は遠慮しなければならない。

講元は御当本《おとうぼん》を自宅に保管し、一年間責任をもって精進守護祭祀しなければならない。御当本と呼ばれる木箱の中には、伊勢神宮のお神札《ふだ》（神宮大麻）、講員名簿、講規約などが納められている。無事一年間講元を勤めた修は、次の講元に御当本を渡してその責任を終えた。

その二日後、修は満六十四歳になった。娘たちから誕生祝いの特選酒が三本届いたので、それをちびちびやりながらテレビを観る。

テレビで偶然観たのが、兵庫県内で土地を探しているという「キューボー」のコマーシャルだった。

この会社は不動産事業と太陽光発電システムの設置をしているらしい。修はキューボーに連絡してみようと思った。

翌日、キューボーをインターネットで調べた。この会社は神戸にある有限会社だった。修は早速、電話をかけた。

「もしもし、お宅は兵庫県内で土地を探しておられるのですか?」

「はい。一〇〇坪以上の遊休地があり、条件に合えば坪五千円で買います」

「何か条件があるのですか?」

「太陽光発電用の土地ですから、四つの条件があります。①平坦である、②日当たりが良い、③近くに電柱がある、④道路に面している」

修は川角大町と川角小町が条件に合うと思った。

「それなら二カ所に合計一二〇〇坪の土地を持っています。その二カ所は道路を隔てたすぐ隣です」

「そうですか。その土地はどんな土地でしょう？」

「田んぼです」

「田んぼなら転用可能かどうか、市の農業委員会に聞いて頂きたいのですが。もし転用可能ならご連絡下さい」

「分かりました」

翌日、丹波市農業委員会に電話をして聞いたら、川角近辺の田んぼは農用地のため転用不可と言われた。

修は軽い気持ちでキューボーに電話をしてみたが、結局転用不可で良かったと思う。日本の耕作放棄地が太陽光発電のソーラーパネルで埋め尽くされれば、益々日本の食糧自給率が下がってしまう。

2

農用地とは農用地区域のことで、「農業振興地域の整備に関する法律（農振法）一九六九年制定」に基づき、農業の近代化に必要な条件をそなえた農業地域を保全し形成するため、農業振興地域が都道府県知事により指定されている。農用地区域とは、そのなかの農用地等として利用すべき土地の区域をいい、市町村が指定するが、二十ヘクタール以上（例外として十ヘクタール以上）の集団的農地などがその対象である。農用地区域ではその地域の一体としての農業の振興を図るために、農地の転用制限を含む農業の保護措置がとられている。

農地以外に転用できないとなると厄介なことになった。

農業委員会の言い分も分からないこともないが、四十八年前とは農業事情が変化していることも事実で、時代とともに法律も変えるべきではないかと修は思う。

「私は病気で農業ができません。小作をしてくれる人も探しましたが、おりません。

一体どうすればいいのですか？」

「そうですね。それなら兵庫みどり公社に相談されたらどうでしょう」

農業委員会にそういう電話は日常茶飯事のようだ。担当者はにべもなく答えた。

第三セクター「農地中間管理機構　公益社団法人　兵庫みどり公社」とは次のようなものである。

キャッチフレーズ
みどりあふれる美しい兵庫づくり　公益社団法人兵庫みどり公社
農地を未来につなぎ、食と環境を守る！
預けて安心！　確かな実績！　借りて納得！

公社設立の経緯と目的
旧（社）兵庫県森と緑の公社
兵庫県の、民有林面積のおよそ三分の一を占める慣行共有林等を対象として、資源の活用と山村地域の振興及び水資源の確保並びに流域保全を図る事を目的に、昭和三十七年三月三十一日、兵庫県・市町及び森林組合等の出資により「社団法人兵庫県造林公社」が設立された。その後、昭和四十七年九月十三日「社団法人兵庫県造林緑化公社」に名称変更し、平成六年七月一日「社団法人兵庫県森と緑の公社」に名称変更した。

旧㈶ひょうご農村活性化公社

農業経営規模の拡大、農地の集団化など、農地保有の合理化を促進し、農業構造の改善に努め、農業者の経営の安定と福祉の向上を図ることを目的に、昭和四十八年八月一日「財団法人兵庫県農村整備公社」が設立された。その後、平成十年七月二十一日「財団法人兵庫県農業後継者育成基金」と統合し、「財団法人ひょうご農村活性化公社」に名称変更した。

平成十五年四月一日

農林業施策の一体的な推進のため、右記の両公社は統合して「社団法人兵庫みどり公社」となる。

平成二十五年四月一日

「一般社団法人及び一般財団法人に関する法律及び公益社団法人及び公益財団法人の認定等に関する法律の施行に伴う関係法律の整備等に関する法律（平成十八年法律第五十号）」第四十四条の規定に基づき、「公益社団法人兵庫みどり公社」へ移行した。

なんとも七面倒臭い組織だが、修は藁にもすがる思いで電話をしてみた。

「もしもし、みどり公社さんですか？」

「はい」

「農用地が何とかならないものかと思い、電話したのですが」

「そうですか、では今から言う質問に答えて下さい。

その土地は十年以上借り受け可能ですか？」

「はい、何十年でも可能です」

「分かりました。では、『農地中間管理事業貸付希望農用地等登録申出書（様式第七号）』を送付しますので、それに必要事項を書いて最寄りの農地管理事務所に出して下さい」

「最寄りの事務所は何処にありますか？」

「あなたの場合は、柏原にある丹波農地管理事務所です」

「分かりました」

3

数日後、兵庫みどり公社から届いた書類は、「兵庫みどり公社パンフレット」「農地中間管理事業貸付希望農用地等登録申出書」「貸付希望農用地等」の三枚だった。

「兵庫みどり公社パンフレット」の内容

農地中間管理事業とは

農地の出し手→農地中間管理機構〔兵庫みどり公社〕→農地の受け手

〔公的機構であることで、農地の出し手と受け手〈担い手〉双方とも安心〕

農地中間管理事業のご利用にあたって

① 農地中間管理機構が借り受ける農用地等の基準

農業振興地域内の農用地等に限ります。

農用地等を借り受ける期間は、極力十年以上とします。

なお、機構が借り受ける農用地等は次のものを除きます。

◆　農用地として利用することが著しく困難な農用地等（市町で再生不能と判定されている遊休農地など）

②　農地の受け手（担い手）……借受希望者募集への応募が必要です。借受希望者の応募は、機構のホームページで、毎年六月頃及び十二月頃に行います。応募に当たっては、「農用地等借受希望申込書」に必要事項を記入して、市町又は、最寄りの農地管理事務所に提出してください。

③　農地の出し手……貸付を希望する農地を登録してください。登録に当たっては、「農地中間管理事業貸付希望農用地等登録申出書」に必要事項を記入して、市町又は、最寄りの農地管理事務所に提出してください。（随時受付）

留意事項

◇　借受者が見つからないなど、農地中間管理事業を活用できない場合があります。

◇　一定期間を経ても借受者が見つからない場合は、申出者に連絡のうえ、「貸付希望農用地等リスト」から削除します。

この兵庫みどり公社のパンフレットを見ると立派なパンフに見えるが、やる気のない小賢しい役人が作ったものだと分かる。要するに機構の連中は何の努力もせずに事務的な作業をするだけになっているからだ（留意事項参照）。

この機構は汗もかかないし、何の創造もしない、これではキャッチフレーズの「農地を未来につなぎ、食と環境を守る！」ことなど到底できないだろう。

一応、まぐれ当たりも考えられるので、「農地中間管理事業貸付希望農用地等登録申出書」と「貸付希望農用地等」の二枚の書類に必要事項を記入して丹波農地管理事務所に出した。

農の学校

1

修が二〇一七（平成二十九）年三月ごろに風の噂で聞いた話によると、美和《みわ》保育園跡に作られた「楽園」が「市立農《みのり》の学校」になるというのである。

美和に農の学校ができると当然、実習用のほ場が必要になり、周辺の耕作放棄田がその候補となる。坂口に田んぼを返却された修には大変興味深い話だった。

八月、ある丹波市市議会議員の政治活動報告が新聞に入っていた。この市議は昨年末の丹波市議会議員選挙で当選した市島町選出の新人議員である。

その政治活動報告「小富士山だより」（二〇一七年八月号）には農の学校の記事が次のように掲載されている。

◆**質問**「農の学校」の設置推進事業は、担い手農業育成について具体的な動きと感じます。農業体験や生産者のお手伝い的ではなく、本格的な農の専門学校を設立して頂きたい。全国に誇れる農の学校運営を目指して頂きたい。

【回答】　地域農業の新たな担い手の育成や農地利用の最適化を目指すため、農業栽培技術や農業経営及び農村文化を学び、実践できる研修施設を開設し、多くの修了者が将来の丹波市の農業・農村の担い手となり、定住する仕組みを構築するものです。将来的には、就農・定住支援のプラットフォームの役割を持つことを目指しております。今後、設置位置の決定を行い、平成三十一年度の開校に向けて、運営事業者の選定、実践ほ場の確保、カリキュラムの検討などを進めてまいります。

※六月議会で市島地域に「農の学校」を設置する方針を発表され、その後「いこいの家」を候補施設として選定されました。

「小富士山だより」（二〇一八年一月号）より

「丹波市立農の学校」を成功させるための準備に期待

平成三十一年四月に開校予定のスケジュールで進捗しています

○「生きがい創造いこいの家」を改修して平成三十年秋頃改修工事完了予定

○実践農地の整備は、三ヘクタール超の農地をリストアップ済

○農の学校運営については、指定管理者が、決定いたしました。（第九十四回臨時会　平成三十年一月二十四日）指定の期間　平成三十一年四月から平成三十六年三月三十一日まで

○指定管理者決定後、開講準備にかかるカリキュラムの企画、指導者の確保・育成に着手予定。市内で活躍する有機農業実践者をマスター（親方）と位置づけ、受講生の研修や卒業生の相談者とするため、その人材の確保と育成を指定管理者とともに行う

私の思っていること

学校は、定員二十人程で一年間、週五日有機農業栽培技術及び経営や販路開拓までを学ぶことになっています。優れたスタッフや外部講師陣をそろえて、地元関係者の協力体制の関係を深めながら準備されようとしています。

私は、卒業後の就職問題を少し案じていますが、丹波市の農業の衰退を食い止める起爆剤となるよう応援したいと考えています。

丹波市内で働ける場所を確保するためにも今後地域の対応が必要と思います。毎年二十名の卒業者が農業で成功するよう応援してあげてください。

二〇一八年二月二十二日付の『丹波新聞』一面に、二〇一八年度当初予算案が掲載された。その記事では「農の学校開校準備」（来年四月開校のための準備）予算として四三三九万円となっている。

「生きがい創造いこいの家」の所在地は美和ではなく、吉見（市島町上田《かみだ》）である。農の学校の実践農地三ヘクタールの中に入れてもらえないかと、密かに企んだ修の儚い夢はここに潰えた。

この学校の修了者が定住して丹波市の農業の担い手となり、その中の誰かが修の田んぼを使ってくれることを願うしかない。

草刈り地獄

1

本州一標高が低い石生《いそう》の水分《みわか》れ分水界上の五台山《ごだいさん》は、山南側と山東側に山塊を形づくる。この二つの山塊に囲まれた美和の里に北西から南東に向かって美和川が流れる。この川沿いの田で修は草刈りをしている。

桜花の季節も終わり若葉が一斉に芽吹くころ、坂口に返された三枚の田の草が伸びてきたので、放っておけずに草刈りを始めたのである。

三枚の田のうち、川角井根の用水を使う二枚は、美和川の右岸堤防の隣に川角小町があり、その南側の県道を挟んだ斜向《はすむ》かいに川角大町がある。

美和川高町橋下《たかまちばししも》の川角井根取水口から右岸堤防沿いに作られた全長九十三メートルの堤外《ていがい》水路は堤防下の土管を経て堤内《ていない》に入る。

堤内に入ってから、右岸堤防沿いを東下する用水路は五枚の田のそばを通り、五枚目の田の端で、南に直角に曲がって一メートルのところに川角小町の用水の取水口がある。用水路はそのまま川角小町の西側の畦沿いを通り、県道の手前で東に折れて県道沿いを東下する。

さらに川角小町の南東端で南に向かい、県道の下を土管で通り抜け、川角大町の北西端に至る。

再び県道沿いを東下して、川角大町を含めた都合三枚の田のそばを通って美和川に戻る。県道と美和川は川角大町のすぐ東側にある南橋で交差している。

修のもう一枚の田である南田は、南橋から下流へ六十メートル下《くだ》った左岸堤防の隣にある。従って、修の三枚の田んぼは非常に近い位置にあるのだが、修の家からこれらの田んぼまでは五百メートル程度離れていた。

二〇一七（平成二十九）年四月十六日(日)から始めた草刈りは、二十一日(金)まで続けたが、まだ半分しか終わらない。

修は田の排水溝の詰まりを掃除してから畦と田の中の草刈りをした。川角小町の中の草は二十五センチに伸びていたので刈ってしまったが、川角大町の中の草は十五センチ程度なので後日とし、今日は畦だけを刈っている。明日は南田を刈る予定だ。

紫外線が強い日中を避け、午前九時から十二時までと午後四時から六時までの一日五時間の草刈りだが、もう修の体は悲鳴を上げていた。

今日で六日目になる。生まれてこのかた、これほど多くの草を刈った覚えがない。

どうやら土を忘れた修に天罰が下ったようだ。

修は十三年前に心筋梗塞を患い五時間三十分に及ぶ冠動脈バイパス手術を受けた。手術以後、毎日六種類の薬を飲み、二カ月に一度定期通院している。

県立柏原病院の担当医曰く、「バイパスした冠動脈の一部が最近細くなってきて、他の細い血管からの血流で辛うじて心臓が動いている」らしい。修の体力は健康な人の七割ぐらいなので、この草刈りはずっしりと体に堪えた。

2

修の使っている草刈り機は、十三年前に八十四歳で亡くなった父が買ったもので、もう二十年近くなる代物である。去年までは自治会の日役で年に二日ぐらいしか使っていなかったので、古い機械だが調子はすこぶる良い。

この草刈り機のメーカーは、かの有名なビーバーである。二十二・五cc２ストロークエンジンで、乾燥重量が四・三kgと軽いので使いやすい。

左肩から右腰に斜めにかけたベルトにこの草刈り機をぶら下げて使う。その構造は手前側にエンジン、次にアルミパイプ、その先に回転鋸刃が付いている。

アルミパイプの中にはドライブシャフトが通っている。アルミパイプの途中にパイプと直角方向に固定された、自転車のハンドルのような形状の取っ手を両手で操作して草刈りをする。

ハンドルの右手部分にはスロットルレバーがあり、これを調節することでエンジンの回転数、即ち刃の回転数が調節できる。

エンジンとドライブシャフトとの間には遠心式のクラッチがあり、始動・アイドル時などの刃の無用な回転を防ぎ、草噛みなどによる刃の停止にも備えている。

草刈り機には小型エンジンを動力としたものと、モーターを動力としたものがあるが、モーター式の場合は電線コードかバッテリーが必要なため扱いにくい。

エンジン式の場合、重量を軽減し、始動性を確保するため、長らく2ストロークエンジンが用いられてきた。

近年では環境保護の観点から、発生する排気ガス中の有毒物質がより少ない4ストロークエンジンのものも増加しているが、2ストロークエンジンに比べて4ストロークエンジンは部品点数が多いため重量が重いし、価格も高い。

草刈り機に付ける回転鋸（刃）にはナイロンカッター・2枚刃・4枚刃・チップソーなどの種類があるが、修はチップソーを使用している。

チップソーには外径二三〇ミリ・36Ｐ（刃数）と外径二五五ミリ・40Ｐの二種類がある。

刃の仕様書には、「外径二五五ミリの刃は二十五cc以上の草刈り機でご使用下さい」と書いてあるが、二十二・五ccでも十分に使えるので、修は外径二五五ミリ・40Ｐを使っている。当然、外径が大きい方が一回当たりの草刈り面積は広くなり仕事が速い。

この刃には先端部にバナジウム鋼（合金工具鋼）のチップが四十個埋め込まれている。

価格は一枚数百円から二千円ぐらいまで色々あるが、修は一番安い刃を使用している。高い刃はそれなりに長持ちするが、刃こぼれを考えると安い刃の方が得である。チップソーはコメリなどのホームセンターで買うと、外径二五五ミリ・40Ｐの安物なら五百円程度で売っている。

五百円の刃一枚で刈れる草の面積は約五〇〇㎡である。修の三枚の田んぼの合計面積が約四五五三㎡なので、九枚の刃が必要になる。

田んぼの周りの土手の草も刈らなければならないので、その分の刃を一枚とすると合計十枚、五千円の刃代が必要になる。

さらに草刈り機用の混合油代を約千円とすると一回の草刈り費用の合計は六千円となる。一年間に五回程度草を刈らなければならないので費用の総合計は三万円となる。さらに草刈りに要する時間が必要になる。

従来通り小作に出していたら、この費用と時間は必要ない。小作だったら米が獲れて日本の食糧自給率も上がるが、草刈りだけをしても付加価値はない。なんと無駄なことをしているのだろうか。

この無駄な費用は少しでも減らす必要があると思った修は、チップソーをヤフー・オークションで購入することにした。ヤフオクで一番安い刃は次の通り。

草刈りチップソー

サイズ	外径二五五ミリ
刃数	40P
枚数	五十枚
税込価格	一万八一四四円
送料	二三三三円
税込価格＋送料	二万四七七円
送料を含む単価	四一〇円

ホームセンターで買うより一枚あたり九十円安く買えた。

3

農作業用に父が残したもので修が重宝しているものに、「トップカー」がある。これも購入後二十年経過しているが、調子が良い。

父が亡くなってからの用途は年一回の、家の前栽を剪定した剪定屑の運搬である。剪定屑はトップカー五、六台分になる。

修は近くの従兄の遊休田にそれを運ぶ。そこには従兄の家の前栽の剪定屑も捨てていて、腐らせて堆肥にする。

トップカーの正式名称を「前引き三輪車」という。巷では「農民車」「農耕作業用車」とも呼ばれている。軽トラックより重い荷物を載せて田んぼの中を自在に走れるのが最大の特徴である。父が残したトップカーの仕様は次の通り。

メーカー　ウインブルヤマグチ（旧山口農機製作所）本社兵庫県加東市

名称　前引き三輪車

型式　YC－205Y
製造番号　963508
最大積載量　五〇〇kg
機体寸法
　前長　二九三〇mm
　全幅　一一六〇mm
　全高　一一六〇mm
荷台内寸法
　長さ　一七六〇mm
　幅　一〇五〇mm
　高さ　二一〇mm
床面地上高　五一〇mm
三方開閉式ドア
走行部
　ホイルベース　一六一〇mm
変速段数　前進三　後退一

エンジン形式　　クボタ一七〇ccOHV単気筒ガソリンエンジン（約六馬力）

前輪が一つ、後輪が二つの三輪車。後輪駆動で、後輪はダブルタイヤになっている。デフロックの手動レバーが付いていて、田んぼの中で後輪の一軸がスリップして空転しても、デフロックレバーをONにすれば他方の軸とつながり、簡単に脱出できる。運転方法は車の前を歩行しながら、前輪と直結されたハンドルを左右に操作して運転する前引き三輪車だが、腰掛けスペースがあり移動時に運転者が乗車することもできる。公道では乗車禁止となっているので小型特殊自動車には当たらず、自動車税がかからないので維持費が安い。

修は父が残してくれたこのトップカーに、草刈り機を積んで田んぼへ出かける。

神様の贈り物

1

二〇一七（平成二十九）年五月四日㈭。

修が南田の草刈りをしていると、南橋付近に大きな青色のワンボックスカーが停車した。車の中から二人の男が降りてきて、県道から修の川角大町を見ているようだ。

修は昼になったのでトップカーに草刈り機を積んで帰路についたが、さっきの二人はまだ川角大町を見ている。

いつもなら県道を横断して帰るのだが、あんなに繁々と自分の田んぼを見られると気になるので、左折して県道に入り、川角大町へ向かった。

二人の男のそばにトップカーを停め、しばらく黙って二人の様子を見ていると、年配の男が修に話しかけた。

「こんちは」

よく見るとその男は、戸坂地区の浅野昭雄《あさのあきお》だった。

「どうも、こんにちは」

浅野は修より六つ年上で、同じ美和なので顔は知っていた。浅野は以前から五町歩程の米作りをしていたが、昨年病気のため全ての田んぼを地権者に返却し、廃業している。

浅野が修に聞く。

「この田んぼ、田ごしらえが未だやけど、どうするんやろ？」

「これは、おれの田です。何も作る予定はありません」

「そう」

「こっちも、おれの田で何も作りません」

修は斜向かいの川角小町を指差した。

今度は川角小町を繁々と見ながら、二人はぼそぼそと話をした。それから、浅野が修に言う。

「この若い衆が野菜作りをしたいと言うので、いま田んぼを探しとるんや」

修には、この二人が神様に見えた。

満面の笑みで修が言う。

「そうなんですか。では、田んぼの説明をしますので付いてきて下さい」

修はまず、川角小町の中に二人を案内した。

「こうして田んぼを歩いたら判ると思いますが、土がよう乾いてますやろ。これは水はけが良いからです。まー、この辺りでは一番よー乾く田んぼですわ」

修は排水口、用水口、排水溝を指差しながら説明する。

「この川角小町の面積は一二六〇㎡、約一反三畝です。内径十五センチの塩ビパイプの排水口が、南側に二本、東側に二本、合計四本あります。

この田は五十一年前の一九六六（昭和四十一）年に農業構造改善事業で整備された田ですが、完成時には西北側に用水口を一本、東南側に排水口を一本備えていました。この田には南側と東側を囲むように大きな排水溝があるので既に乾きやすい田でしたが、親父が南側に二本、東北側に一本の排水口を増設したので、さらによく乾く田になりました。水はけの良い田は何を作ってもよく育ちますよ」

修の説明に野菜作りをしたいという若者は納得したように頷いた。


坂口がこの田んぼで稲を育てていたときには、東南側と南西側の二本の排水口しか使わなかった。水稲の場合はそれで十分だったのである。

田んぼの保全は排水をしっかりして、草を刈るのが基本である。それを知っていた修が、草刈りをする前にやったのが排水口の復元だった。修は坂口が使用していなかった南東側と、東北側の二本の排水口を復元した。

困難を極めたのは東北側の排水口である。川角小町には県道側からの出入り口と、美和川右岸堤防道路側からの出入り口の二カ所がある。

東北側の排水パイプは美和川右岸堤防道路側からの出入り口の真下に東西方向に埋まっていて、東側の排水溝に出口がある。

この内径十五センチの塩ビパイプの出口は排水溝側からは見えているのだが、入り口側は土に埋まって見あたらない。

排水パイプの長さが分からないので、鶴嘴《つるはし》で勢いよく掘ると塩ビパイプを割ってしまう。修はだいたいの見当をつけながら少しずつスコップを刺し入れ、三十分ほどかけてようやく入り口側を見つけ出した。

見つけた塩ビパイプは、入り口の端から十数センチが割れていた。トラクターが出入りするときにタイヤの重みで割れたのだろう。

修は苦労してパイプ内側に入り込んだ破片を取り除いた。それからパイプの中を確認すると奥の方まで土が詰まっているようだ。詰まった土を取り除くのがまた厄介である。

素手では土を取り出せないので、修はパイプ掃除の道具を取りに家に戻った。

排水パイプの長さをメジャーで測ると三・五メートル程度あった。このパイプを掃除するには少なくとも四メートル以上の棒が必要である。

修は家にたまたまあったビニールハウス用の直径十九ミリ、長さ五メートルの鉄パイプを使うことにした。

その鉄パイプの先に直径八・五センチ、長さ十九センチのエンジンオイルの空き缶をビニールテープで固定して、パイプの中の土を押し出そうと考え、必要な道具をトップカーに積んで家を出たのが午前十一時前だった。

南橋を渡り右折して美和川右岸堤防道路に入り、南橋から上流側へ三十メートル行くと左側に川角小町の出入り口がある。修はトップカーを出入り口の前に停めた。

まず、排水パイプ入り口側の土を、排水パイプの底面の深さまで、直径一メートル程度の鍋状に掘った。そのくぼみに水を入れて、排水パイプ内に浸透させた。パイプの中の土を軟らかくするためである。

川角小町の南側と東側を囲む排水溝には水が流れていたので、その水をバケツで汲み上げる。

排水溝から畦の上まで二メートル近くあるので、バケツ数杯の水を汲み上げるだけでもかなり疲れる。

くぼみに溜めた水は五分ほどで地中にしみ込んで無くなるため、追加の水をまた汲み上げなければならない。

排水パイプ内に水が十分浸透したところで、オイルの空き缶をビニールテープでしっかり固定した鉄パイプを排水管の中に入れて田んぼ側から突く。何回も突いてみたが、排水パイプの中の土は硬くて中々押し出せない。

修があまりにも強く押したので、鉄パイプからオイルの空き缶が外れて排水パイプの中に残り、おまけにその缶が排水パイプの中でくの字に折れ曲がってしまった。今度はその空き缶を取り出すのが大変である。修はすったもんだして、結局、この排水パイプの掃除に丸一日かかってしまった。

散々な一日だったが、作業中修は土と草の匂いを嗅ぎながら、妙に充実したような不思議な気持ちになっていた。

自分はこの歳まで一生懸命生きてきたと思うのだが、「食」について真剣に考えてこなかった。今まで作物を作ったことがないし、三度の食事の準備をしたこともない。生きるためには「食」が欠かせないのに、「食」に無関心だった。

いつの日か分からないが、この田んぼで作物が作られることを信じ、土にまみれて排水パイプの掃除をしていることが心地良かった。土は生きる原点なのである。

「ほんまに良い田んぼですね。ところで、用水の心配はありませんか？」

若者は修に聞いた。

「この田と、お二人がさっき見てはった県道を挟んだ斜向かいの田は、その用水路の水を使います」

修は川角小町の西側の畦沿いを通る用水路を指差した。

「この田んぼが川角小町、あの田んぼが川角大町です。その用水路の水は田んぼの名前と同じ川角井根からきています。井根の取水口からこの田までの田んぼの数が五枚と少ないので、水の取り合いなんか全然無いし、井根が強いので水は十分にきます」

修は自信を持って言った。

「用水路が南側の県道の手前で直角に折れていますやろ。折れてからずーっと県道沿いを流れて、川角小町の出入り口の橋の下を通ったところに会所桝があります」

修は会所桝まで歩き、蓋の上に立った。

「ここから県道を土管で横断しています」

修は県道を横断して、川角大町の北西端の会所桝を指差した。

「横断した水はこの会所桝に入ります。この桝の東出口から出たところに川角大町の用水口があります」

修は用水口を指差した。その後、川角大町の中を案内した。

「歩いてもろたら分かりますが、この田もよー乾いてますやろ？」

二人は頷いた。

「この川角大町の面積は二七一五㎡、二反七畝です。小町と合わせて合計四反です。この田んぼの排水口は合計五カ所あります。北側に排水口が一つあり、南側の排水口は内径十五センチの塩ビパイプが一本、内径二十センチの土管が二本、内幅二十センチ×深さ十五センチのU字溝が一本です。これも、親父がこつこつと設置したものです」

「へー、五カ所も排水口があるのは珍しいですね」

若者は驚いたように言った。


この田を坂口が作っていたときは、やはり排水口を南側の二本しか使っていなかった。水稲なのでそれで十分だったのである。

川角大町にも出入り口が二カ所ある。県道側から入る北の出入り口と、西側を通る農道から入る西の出入り口である。

美和の田んぼはすべて農業構造改善事業で整備された。田んぼの広さの基準は三反である。三反の田んぼ四~六枚の周囲を幅二メートルの農道が囲むレイアウトになっている。南橋から上《かみ》の与戸地区の農道には、全て二メートル幅のアスファルト舗装がしてあるので、通行が快適で草刈りが不要である。

川角小町は美和川と接している関係で、少し台形になっているが、川角大町は綺麗な長方形だ。

川角大町の面積が二反七畝なのは、県道がバイパス工事で拡幅され、田んぼの面積が減ったからである。

修は坂口が使っていなかった三本の排水口を全て復元した。

北東端の北の出入り口のすぐ西隣にある北側の排水口は、川角大町北側の畦沿いを通る用水路に排水している。川角大町の用水は同じ用水路から引いている。

何故同じ用水路から用水を引き、排水ができるのかというと、水路に勾配があり、上《かみ》と下《しも》で高低差があるからだ。

父は田の排水をするため、幅三十センチ×深さ三十センチの用水路のU字溝の側面を切っていた。

この用水路には通常半分程度の水しか流れないので、U字溝の側面を幅二十センチ×深さ十五センチの寸法で上手に切り取り、そこに畦を掘り割って排水していたのである。

長年使われていなかったこの排水口は、畦土に埋もれていた。修は僅かな記憶をもとにU字溝の切り取り部を見つけ出し、それを復元したのである。

残りの二本は南側の排水口である。南側には隣の田んぼとの間に大きな排水溝がある。

元々あった排水口は田んぼの中央にある幅二十センチ×深さ十五センチのU字溝である。

父はこの排水口の東側に一本、西側に一本、合計二本の土管を敷設していた。坂口が排水に使っていたのは、中央のU字溝と、東側の土管である。

U字溝の西側の使っていない土管を見つけるのは簡単だった。隣の田んぼとの間の大きな排水溝の中に入って川角大町の畦を見れば土管の出口が見えるからだ。土管の内径が二十センチで、長さが一メートル程度なので両側から詰まった土を手でかき出せば簡単に掃除ができた。

厄介だったのが、一番西側に埋まっていた内径十五センチ、長さ四メートルの塩ビパイプである。

このパイプは農道から田んぼに入る西の出入り口の真下にあったのだが、パイプの出口が見えにくい位置にあった。

父が西側の畦際の掘り上げをして、中干しをしていたような記憶が修には薄《う》っすら残っていた。

その記憶をもとに、とりあえずこの排水パイプの出口を探そうと、農道下の内径四十センチの土管の東出口辺りを見た。

土管出口の端からすぐに幅四十センチ×深さ四十センチのU字溝につながっている。修はそこに入り、かなりの時間をかけて土管の出口から約三十センチのところにU字溝の側面にある穴を見つけ出した。なんと、U字溝の底に近い側面に塩ビパイプの出口はあった。

この排水溝は数年前に改修され、そのときにこのU字溝が敷設されていた。その際に施行業者がわざわざU字溝の側面に穴を開けて、父が敷設した塩ビの排水パイプの出口を作ってくれていたのである。

修はその出口から見当をつけて、排水パイプの入り口側を探し出さなければならない。

排水パイプの長さが分からないまま土を掘るのだが、パイプを割らないように入り口を探し出すのに一時間ほどかかった。

かくして、三本の排水口は見事に復元されたのである。

川角大町の説明を済ませた修は、最後に二人に向かって言った。

「是非、この二枚の田んぼを使って下さい。よろしくお願いします」

二人は、修の説明に対して礼を言い、借りるとも借りないとも言わずに帰って行った。

2

五月五日㈮。

午前中に川角大町の中の草刈りが済み、これで三枚の田んぼ全ての草刈りが一通り終了した。結局十五日かかったことになる。

しかし、川角小町東北側の排水用塩ビパイプの掃除に丸一日かかってしまったので、その日を除くと草刈りの日数は十四日間（二週間）ということになる。草刈りに使用したチップソーは修の計算通り十枚だった。

一年に五回草を刈ると必要な草刈り日数は七十日にもなる。修は考えただけで気が遠くなった。

五月六日㈯。

夕方、車で川角大町を通りかかった。なにげなく田を見ると、どうも田んぼが鋤かれているような感じがした。修はおかしいと思い車を停めると窓を開けて田んぼの中を覗いた。

なんと、縦横綺麗に鋤いてある。誰にも頼んでいないのに、自分の田が鋤かれているのは不思議だ。

丁度、堤防を散歩していた坂口が通りかかった。まさか坂口が鋤くはずがないと思いながら、一応聞いてみる。

「あんた、おれの田んぼ鋤いてくれたんか?」

「よー、わし知らんで」

「誰が鋤いたんやろ?。誰かがおれの田んぼを鋤いとるんや」

「酔狂な奴もおるもんやな」

「誰か知らんか?」

坂口は周りを見回した。すると、近くの田をトラクターで鋤いている人がいた。

「ちょっと一緒に来いや」

坂口は修に手招きをして、トラクターの方へ歩き出した。近くの田を鋤いていたのは与戸の安藤忠信《あんどうただのぶ》である。坂口は一歳下の安藤に手を振った。

安藤はトラクターのキャビンのドアを開けた。

「何やった?」

「お前、修の田んぼ鋤いたん誰や知らんか？」

安藤はしばらく考えてから思い出したように言う。

「ああ、昨日の夕方トラクターが入っとったでー。確かキャビン付きの黒いトラクターやったと思うけど、遠くから見ただけやから顔がわからんわ」

「思い出せや」

「んー。アキちゃんのトラクターに似とったなー」

「戸坂の浅野昭雄か？」

「そうみたいやったけど、はっきりせん」

それを聞いた修は、はたと気が付いた。

「戸坂の浅野昭雄さんやったら、心当たりがあるわ」

「何でや？」

坂口が修に聞いた。

「いや、一昨日《おとつい》の昼前に浅野昭雄さんと若者の二人がおれの田んぼを見に来てたんや」

「それで？」

「そのときに、浅野さんが『この若い衆が野菜を作る田んぼを探しとる』とか言うて、おれは川角大町と川角小町の案内をして是非使ってくれと言うたんや」

「ほんなら鋤いたんはアキちゃんやないか？」

「せやけど、そのときには貸す話にはならんかったんやけど……」

「ええ加減な話やな」

「まー、借りてもろたら嬉しいけど」


修は夜になってから、電話番号帳で浅野の番号を探し出して電話をかけた。

「もしもし、こんばんは。阿部修ですけど、浅野昭雄さんのお宅ですか？」

「こんばんは。昭雄ですけど」

「あのー、変なこと聞いて悪いんですが、昨日、川角大町を鋤かれましたか？」

「ああ、昼から若い衆が鋤いたで」

「やっぱり、そうでしたか。一言いうてもろたら良かったのに……」

「そら、悪かったです。すみません。昨日午前中に酒梨の田んぼを鋤く予定があったんで、ついでに鋤きましたんや」

「はー？　ということは川角大町を借りていただけるということですか？」

「そうなんですわ」

「そーですか。ありがとうございます」

「また改めてお願いに伺いますので、よろしくお願いします」

「こちらこそ。では失礼します」

田んぼを鋤いたのは、あの若者だった。

3

五月七日(日)。

夕方、浅野が若者を連れて修の家にやってきた。修は離れの書斎に二人を通した。

まず、若者が名刺を修に差し出して挨拶をする。

「初めまして、私は永井翔《ながいしょう》と申します。よろしくお願いします。これはつまらないものですが」

永井は、修に味のりのギフトを手渡した。

「ご丁寧にどうも。私は阿部修です」

永井は川角大町を勝手に鋤いたことを改めて詫びたあと、こう続けた。

「私は、ハウスで野菜作りをするのが夢です。是非、阿部さんの田んぼを貸して下さい」

永井は三十一歳で、名刺を見ると総合請負業永井建設興業の代表だった。

「永井建設興業はどうされるのですか？」

「農業は素人ですので、現在勉強中です。しばらくは今の仕事を続けながら豆などを作ろうと考えています。阿部さんの田んぼは合計四反で、適当な面積です。それに二枚の田が近くにあって管理もしやすい。野菜作りには乾く田んぼと豊富な水が必要ですが、その条件にぴったりです」

「永井さんは美和の方ではないようですが？」

修は永井の名刺を見ながら言った。

「私は丹波市青垣町に住んでいます」

青垣町といえば、美和から車で四十分の距離である。修は永井に言う。

「分かりました。お貸ししますが、ひとつ条件があります」

「条件と申しますと？」

「お若いのに野菜作りがしたいという立派な心がけに感服しました。まず、一年間お貸しして問題がなければ、長期契約するということで如何ですか？」

修は地理的に遠くに住み、農業が素人のこの三十一歳の若者が、つらい農業をやっていけるのか心配だったのである。

永井は修の気持ちを察してか、即答した。

「それで結構です。よろしくお願いします」

話は決まった。修は準備していた書類を見せた。
農地を他人に貸す場合は借り受けをする者と貸し付けをする者が丹波市長に対し、次の内容の「農地利用権設定申出書」を提出しなければならない。

農地利用権設定申出書

平成　年　月　日　丹波市長　様
左記の通り農地を借り受けたいので申し出ます。
借受申出者（借り手・耕作者）
【耕作者】
住所　氏名　印　電話番号
※利用権の設定を受ける者（耕作者）の農業経営の状況等
性別　年齢
主な農機具の保有状況

貸付申出者（貸し手・農地所有者）
【登記名義人】
住所　　氏名　　印　　電話番号

利用権を設定する土地
設定する利用権の内容
土地の利用（作付作物）
利用権設定の期間
始期　　年　　月　　日
終期　　年　　月　　日
賃借料
賃借料の支払方法
備考（利用権設定の条件等）

修は永井に言う。

「この農地利用権設定申出書を作成して丹波市長に提出して下さい。それと、備考の欄には【借り受け時の状態で返却する】と書いて下さい。

借り受け時の状態とは、①田の中は畝の無い平面に耕し、草刈りをすること、②排水口の確保をすること、③畦と周辺土手の草刈りをすることです」

「分かりました」

「それから七月末の農会の転作現地確認までに作付けする作物を与戸農会までご連絡下さい」

「承知しました」

その後、世間話をして二人は帰った。

七月十四日㈮。

修の家に一通の封書が届いた。丹波市からである。その中には次のような書状が入っていた。

（公印省略）丹農振第〇〇〇号

平成29年7月12日

（所有者）

阿部　修　様

丹波市長　○○　○○

利用権設定通知書

平成29年6月30日付、公告の農用地利用集積計画によって次のとおり利用権が設定されましたのでご連絡します。

なお、耕作者にも利用権が設定されました旨を連絡しております。

設定期間中に変更がある場合には、丹波市役所農業振興課までご連絡下さい。

利用設定をした土地の所在地	地目	面積（㎡）	契約期間	耕作者
○○○　○○　○　○　○○○	田	○○○	○〜○	永井　翔
○○○　○○　○　○　○○○	田	○○○	○〜○	永井　翔

※　契約期間中は、本通知書を保管してください。
※　契約期間中に耕作者が変更になる場合は、左記までご連絡下さい。
お問い合わせ先＝丹波市役所農業振興課農政係　TEL〇〇－〇〇〇〇

契約期間は二〇一七（平成二十九）年七月一日～二〇一八（平成三十）年二月二十八日である。

その間、永井は修の心配をよそに有機栽培で丹波黒大豆を立派に育てた。

修はいたく感心し、二〇一八（平成三十）年の正月に、五年間の長期契約を交わすことにした。

赤米

1

二〇一七（平成二十九）年五月十三日(土)。

朝刊に、「丹波から故郷を明るく考える」と書かれた勝谷誠彦講演会のチラシが入っていた。七月二日の兵庫県知事選挙に立候補するつもりだろうが、丹波の夕の字も知らない奴が何を明るく考えるのだろうと、修は思った。

午後四時ごろ、家のチャイムが鳴った。

「こんにちは」

訪問者は近所の先輩で三輪《みわ》小学校支援コーディネーターをしている高見さんだった。

勝谷なんかより、この人の方がよほど丹波を知っているだろうと思いながら用件を聞いた。

「南橋の下《しも》にある五畝ぐらいの田は、あんたの田んぼか？」

「南田でしたら、おれの田ですが……」

「あの田んぼ空いとるん？」

「作る予定はありませんが」

「貸してほしいんや」

「何に使われますのん？」

「実はな、三輪小学校の児童に田植えと稲刈りをさせたいんや」

「ほー。そら良いことですね」

「貸してくれるか？」

南田は修が草刈りをして自己保全管理をしようと思っていたので、願ってもない話である。

「そんなことやったら何ぼでも使《つこ》うて下さい」

突然借り手が現れたので、修は小躍りして喜んだ。

2

「地域とともにある学校づくり　三輪小コミュニティ・スクールだより」

（丹波市立三輪小学校学校運営協会準備委員会）平成29年7月　No.9

☆三輪小コミュニティ・スクールの1学期の取り組み☆

三輪小学校では4月から、ふるさとを大切にする気持ちを育てるために、コミュニティ・スクールの取り組みの一つとして**たんばふるさと学「みわ」**を進めています。その学習の内容や活動の様子を紹介します。

【赤米の田植え　～総合的な学習の時間～】6月5日(月)

3・4年生が、学校の近くの田んぼで田植えをしました。美和和光会の会員さんの上田さんと西畑さん、荻野さん。与戸自治会長の渕上さんや学校支援コーディネーターの高見さんたちから教わりながら、古代米の赤米の苗を手で植えていきました。最初は、足が土から抜けなかったり苗が思うように植えられなかったりしましたが、だんだん植え方のコツを覚えていきました。

3

「みわの風」（平成29年度丹波市立三輪小学校　校長だより　No.10）9月号

たんばふるさと学「みわ」の充実に向けて

美和の里にも秋の素敵な風景が広がる季節になりました。たんばふるさと学「みわ」の学習で3・4年生が田植えをした田んぼは、今が実りの真っ盛りです。先日、子どもたちが田んぼを見学に行くと、まさにあずき色に輝いていました。実は、赤米なのです。10月の上旬には、地域の方にお世話になりながら、稲刈り体験をする予定にしています。米作りについては、5年生の社会科で学習しますが、実際に田植えや稲刈りの体験をすることで、学習したことが体験と結びつき、本物の知識になっていきます。また、地域の方とふれあう機会が増えていくことで、ふるさとを愛する気持ちを育てることにつながっていくと考えています。

今後も地域の人の力や知恵をかりながら、より充実したたんばふるさと学「みわ」にしていきたいと思います。

赤米が植わっている田は南田である。修は三輪小学校から配布されるたよりを読んでとても嬉しかった。

堤外水路

1

修の川角の大町と小町の二枚の田んぼは美和川《みわがわ》の川角井根から水を引いている。川角と書いて「かわかど」ではなく「かわすみ」と読む。

美和川は三年前の丹波豪雨（二〇一四〈平成二十六〉年八月十六日から十七日の集中豪雨）により氾濫し、川角井根の上流三つ目の橋である「番《ばん》の田橋《たばし》」が流されて堤防が決壊した。

その下流側にあった家屋二戸が床上浸水し、美和川沿いの田んぼのほとんどが冠水した。田には流木が山積し、見るも無残な姿になった。

あの豪雨の原因は、日本列島の停滞前線に向かって南西から北東方向に湿った大気が流れ込み、たまたまその大気が標高六五四メートルの五台山に当たったことで強い雨が降ったのだと言われている。

五台山を囲むように、丹波市の市島町前山《さきやま》、竹田、美和、氷上町《ひかみちょう》の幸世、中央、春日町の船城、黒井の各地区で大きな被害がでた。

国交省テレメータと気象庁アメダスによると、十六日から十七日午前七時までの累加雨量（降水量の累積）は、丹波市市島町北岡本で四一九ミリに達した（この時期の一カ月の平均降水量が一五〇ミリなので、約三カ月分の雨が一日で降ったことになる）。また一時間雨量の最高値も九一ミリと猛烈な雨が降ったのである。

床上浸水した丹波市市島町与戸の二戸の家屋の標高は八九メートルだった。同じ与戸の修の家は美和川の下流側だが、標高が九三メートルの高台にあったので事なきを得た。

豪雨が止んだ十七日早朝、修はスーパーカブで被害状況を見て回った。災害のときは小回りが利くバイクに限る。最初に向かったのが、床上浸水した与戸の家だったが、水が床上一メートル近くまで流れていて、水が引くまでは手のつけようもない。

何もできずに次に向かったのが、早朝ＮＨＫのテレビニュースで流れていた、同じく与戸にある「森のひととき」（永郷池《ながさといけ》の上にあるキャンプ場）である。

ニュースによると、「森のひととき」の入り口ゲート付近の道路や園内の道路を土砂が塞ぎ、車の通行ができなくなり約二百五十人の利用客が施設内に閉じ込められているそうなのだ。現地に行ってみると、丹波市消防本部の消防車数台がキャンプ場入り口付近に駐車していて、一般人は立ち入り禁止だった。

その次に向かったのが、修の家から約二キロメートル離れたJR福知山《ふくちやま》線の市島駅《いちじま》近くにある叔父の家である。叔父は数年前に亡くなっていて、今は空き家になっているが、修の家より三十四メートルも低い標高五九メートルなので心配だった。八分ほどで叔父の家に着き、家の中を見ると玄関付近で地面から二十センチぐらいの床下浸水の跡が残っていて既に水は引いていた。山南町に嫁いでいる従妹に携帯で状況を連絡しておいた。

次に向かったのが、市島駅の隣に住んでいる同級生の友人宅である。友人宅は裏山がせまった位置にあり、近くの谷川が溢れて数十センチの床下浸水があった。

この豪雨は、丹波豪雨（『読売新聞』、『毎日新聞』、『神戸新聞』）や、福知山豪雨（『京都新聞』、『両丹日日新聞』）と各新聞社が命名したが、本書では「丹波豪雨」と呼ぶことにする。

丹波豪雨の詳細は次の通りである。

二〇一四（平成二十六）年

八月十六日(土)

◆十三時二十分、京都地方気象台は、福知山市に大雨警報を発表した。
◆十五時三十五分、神戸地方気象台は、大雨洪水警報を発表した。
◆二十時三十八分、京都地方気象台は、福知山市に洪水警報を発表した。
◆二十時四十九分、京都地方気象台は、福知山市旧市街地に土砂災害警戒情報を発表した。

八月十七日㈰

◆〇時二十分、兵庫県は、丹波市に土砂災害警戒情報を発表した。
◆一時十五分、丹波市は、災害対策本部を設置した。
◆三時五分、丹波市は、美和地区六七三世帯一七九一人に、同日三時二十三分、生郷地区一六四三世帯四四五八人合計二三一六世帯に避難勧告を発令した。
◆三時三十五分、兵庫県知事は、自衛隊派遣を要請した。
◆七時五分、福知山市は、京都府知事を通して自衛隊派遣の要請を決定した。
◆十時十五分、兵庫県は、災害対策本部を設置した。
◆京都府、福知山市、舞鶴市、綾部市は、災害対策本部を設置した。
◆京都府は、福知山市に対し、兵庫県は、丹波市に対し、災害救助法の適用を決定した。

八月十八日(月)

◆内閣府と京都府は、被災者生活再建支援法の適用を決定した。

◆京都府知事は、被災地を視察し、府九月度補正予算に豪雨災害の対策を盛り込むことを表明した。

◆兵庫県知事は、内閣府副大臣に激甚災害指定を求めた。

◆福知山市は、大雨災害特別対策チームを発足させた。

八月十九日(火)

◆内閣府と兵庫県は、被災者生活再建支援法の適用を決定した。

◆京都府と福知山市は、被災者に対して、府営住宅と市営住宅の合計八〇戸の提供を決定した。

◆福知山市は、市街地の浸水により、家庭からのものだけでなく、事業者から出される大量の災害ゴミへの収集機能が追い付かなくなったため、十九日に兵庫県豊岡市から、二十日に京都府綾部市、舞鶴市など十一市からゴミ収集の応援を要請した。

八月二十日(水)

◆広島市で土砂災害が発生。

八月二十四日(日)

◆北海道礼文町で大雨による土砂災害が発生し、二名が死亡した。

九月五日(金)

◆政府は、平成二十六年八月豪雨による被害を激甚災害に指定した。

与戸の平成二十六年十月十日時点の被害状況と対応の経過は次の通りである（与戸自治会長発表）。

被害状況		**対応の経過**
床下浸水	八戸	自力復旧
床上浸水	六戸	自力、自治会員、ボランティアで屋内外泥上げ済み
河川堤防損壊	三十数カ所	被害大は「土のう」による補修済み
河川堤防決壊	二カ所	仮設堤防と「土のう」による補修済み
橋の決壊損壊	二カ所	番の田橋は撤去、農道橋で市と対応中

堤外水路

用排水路の損壊と詰まり

田畑への土砂と流木流入

砂防ダムの土砂満杯
山林、保安林の土砂崩れ

市道、県道への土砂崩れ

長尾橋未対応（農道橋で計画）
長尾川、美和川の井根からの水路及び、新幹水路他
土砂上げは日役、ボランティアで済み
土管詰まりは消防団と業者で済み
破損用排水路は市役所と対応中
長尾川及び美和川沿いの堤防と田畑、坂折よし宗前流木集めは地権者、役員、ボランティアで済み
流木撤去は市役所が作業中
土砂上げは市役所と対応中
「森のひととき」奥は県と対応中（土砂撤去中）
里山、キャンプ場駐車場奥及びキャンプ場奥
里山未対応、保安林は県と対応中
お稲荷山下から三輪神社の三カ所は撤去済み
「森のひととき」手前三カ所は撤去済み

県道、市道、農道の損壊と
　法面の崩落　三十カ所
ため池への土砂流入

施設への土砂、流木の流入

分収造林土砂崩れ
三輪神社への土砂流入

里山裾三カ所、ハイキングコース数カ所は永郷
池の土砂と合わせて計画

市役所、県と対応中
永郷池は堆積土砂の測量のため水ぬき中
新池は水路の土砂上げ済み
長尾グラウンドの泥土は少年野球部とボラン
ティアで撤去中、ボタン園は未対応、「森のひ
ととき」貸地は市と県で対応中、「森のひとと
き」対応中
造林事業社と対応中（キャンプ場奥）
本殿前土砂はボランティアで撤去済み
神社横市道は復旧済み

2

由良《ゆら》川水系美和川の源は丹波市市島町乙河内《おとがわち》の五台山と小野寺山《おのでらやま》の周辺である。神《じん》原《ばら》川、長尾《ながお》川、戸坂《とさか》川、酒梨《さなせ》川を支流にもつ美和川は、市島町東勅使《ひがしちょくし》で竹田《たけだ》川に合流する四キロメートル足らずの川である。それぞれの支流を含めた川沿いには豊かな田園が広がり一七〇〇人が暮らしている。

この美《うま》し和《なご》みの里《さと》には古墳時代にはすでに人が住んでおり、古くから広大な農地を抱え、耕土が深く滋味豊かで、多種多様な農産物ができた。

美和の南部（戸坂地区）には標高三五六・八メートルの猪ノ口山《いののくちやま》がそびえ、その山頂に黒井《くろい》城跡がある。三輪小学校五・六年生の遠足のコースは黒井城跡である。

荻野直正（赤井悪右衛門）との戦いの舞台となった黒井城跡には主君織田信長の命を受けた明智光秀による丹波攻めの跡が残る。黒井城は光秀によって一五七九（天正七）年に落城した。

かの有名な春日局《かすがのつぼね》は黒井城下館（丹波市春日町黒井の興禅寺）で生まれたといわ

れている。春日局の父は光秀の重臣、斉藤利光である。

一三三六（建武三）年、赤松筑前守貞範が春日部庄の領主となり黒井城を本拠とし、その支城として美和の中央の丘の上（酒梨字三の丸）に砦（留堀《とんぼり》城）を置いた。その後、荻野氏が興り、丹波・但馬に勢力を伸ばし黒井城を再構築するとともに、留堀城も本丸を強固な土塁、竪堀で囲み、さらに二の丸・三の丸と砦を構えた。

荻野氏の支配下にあった関係で、美和には荻野姓が多い。美和の姓のベスト八は、一位：荻野、二位：渕上、三位：高見、四位：木下、五位：田中、六位：上田、七位：吉見、八位：山川である。

酒梨字三の丸は現在も留堀という。留堀周辺は美和の中心地である。三輪小学校、美和郵便局、美和コミュニティセンター、酒梨駐在所、丹波ひかみ農協ＡＴＭ、喫茶とんぼり、余田商店、岩澤繊維、タカミ美容室、理容むらかみ、荻野建具店、由良工業などがあり、美和保育園跡の「楽園」内にはテッラドーノというイタリアンレストランがある。修の家はこの近くで、空気が美味く静かで住みやすいところである。

その昔には、美和村役場、三輪診療所、美和農業協同組合、美和保育園、三輪幼稚園、足立サイクル、上山百貨店、木村文具店、小山商店、高見食料品店、玉屋呉服店などがあり、誓文払いのときなどは大変にぎやかで活気があった。

竹田川には美和川の合流地点から上流約一キロメートルのところで黒井川が合流している。黒井川の全長は約五キロメートルで、源が丹波市氷上町石生《ひかみちょういそう》の「本州一標高の低い中央分水界」である。その地を「水分《みわか》れ」という。

水分れの標高は九五・四五メートルで、そこに降った雨は、僅か数センチのことで南と北に分かれ、一方は加古川水系を流れて瀬戸内海へ、もう一方は由良川水系を流れて日本海に注ぎこむ。

水分れから海への長さは両水系とも約七十キロメートルである。水分れの地に降った雨が、南の瀬戸内海に流れ出るのか、北の日本海に流れ出るのかは、神のみぞ知るところである。

黒井川が合流する竹田川の源は丹波市春日町の野瀬《のせ》峠の山地にある。滝《たき》の尻《しり》川、三《み》井《の》庄《しょう》川、国領《こくりょう》川を合流しながら西流したあと、北に向きを変え、黒井川、日《ひ》ヶ《が》奥《おく》川を合わせ丹波市市島町に入り、美和川、鴨庄《かものしょう》川、前山《さきやま》川、市《いち》の貝《かい》川を合わせたあと、京都府福知山市野田で土師《はぜ》川に合流し、福知山市猪崎で京都府一の一級河川由良川に合流する。由良川は舞鶴市と宮津市の境界をなして若狭湾に注ぎこむ。

美和川の乙河内の水源から約二キロメートル下流で、与戸の長尾川が合流する。長尾川は与戸自治会の農業用水池の永郷池が水源になっている。永郷池の水は、すぐ西側背面にそびえる鷹取山（五六六・四m）、由良愛宕山（五七〇m）、五大山（五六九・二m）の伏流水である。長尾川の総長は約一キロメートルで、丹波豪雨により長尾川に架かる長尾橋も損傷した。

丹波豪雨から三年後の二〇一七（平成二十九）年六月末に兵庫県による美和川河川改修工事が完了した。

両岸の堤防の天端《てんば》の幅は三メートルと以前より約一メートルも広くなり、大型ダンプも通行可能な立派な河川に生まれ変わった。

改修工事の目的は損壊と決壊部分の修復と併せて、丹波豪雨のような大雨による氾濫を防ぐために川の断面積を大きくすることである。

川の断面積を大きくするには、川幅を広くすればよいのだが、その方法は川沿いの田んぼの買収と工事に莫大な費用と時間がかかるため、県は川の深さを深くする工法を選択した。

農業用水の川からの取水口を井根という。川を深くすると問題になるのが井根（取水口）の位置である。川を深くすると従来あった取水口が川床より高くなり取水できなくなる。県はその対策として「堤外《ていがい》水路方式」を採用した。

堤防から見て河川のある側を堤外《ていがい》といい、その反対側を堤内《ていない》という。一般的な感覚とは内外逆に思えるが、人家のある土地を堤防で囲って護るという考え方から生まれた呼称である。

従って、堤外水路とは河川側に設けられた用水路のことである。当然、堤外水路の取水口は川床と同じ高さになる。

修の田んぼ（川角小町と川角大町）に用水を引く川角井根の取水口は、今回の河川改修で川床が下がったため、現況取水管より九十三メートル上流位置に設けられ、堤外水路から現況取水管につながれた。

川角井根の堤外水路断面は幅五十センチ×高さ四十センチで、右岸（河川を上流から下流に向かって眺めたとき、右側が右岸）側の堤防の表法《おもてのり》（川側の法面）に沿って設置されている。

コンクリート造りの堤外水路は、表法側の水路上面の幅が三十五センチあり、水路の管理をするために人が歩ける幅になっている。河川側の水路壁の厚さは十五センチである。

取水可能量は０・１２８㎥／ｓ、現況取水量が０・１２５㎥／ｓなので十分である。

3

二〇一七（平成二十九）年は雨が多く、川角井根の堤外水路は七月に一度、八月に二度（八月十八日の豪雨は氷上町稲継で一時間の雨量が六七ミリと過去最多）の合計三度も取水口付近から堤外水路内に砂利が入り、その除去作業に修一人で合計四時間を要した。


二〇一七（平成二十九）年七月四日㈫。

大雨のため川角堤外水路の取水口から約二十メートルが水没。砂利が入ると思った修は雨の中、取水口のゲートを閉めに行った。

川の水が引いた二日後、取水口から約二十メートルにわたり堤外水路に溜まった砂利を除去。

除去工数一時間三十分。

八月七日(月)。

大雨のため川角堤外水路の取水口から約二十五メートルが水没。修は前日に取水口のゲートを閉めた。数日後、取水口から約二十五メートルにわたり堤外水路に溜まった砂利を除去。

除去工数二時間。

八月十八日(金)。

大雨のため川角堤外水路の取水口から約三十メートルが水没。修は天気予報で大雨を知り、前日に取水口のゲートを閉めた。今回は取水口のゲートだけでは心配だったので、堤外水路の全てのゲートと、堤外から堤内に入る水門を閉めた。

川角の堤外水路の全長は九十三メートルあり、取水口ゲートから十八・六メートルごとに泥抜き用の切り欠き（幅五十センチ×高さ四十センチ）が五カ所河川側の水路の壁に設けられている。

その切り欠きには幅五十二・五センチ×高さ四十センチ×厚さ六ミリの鉄板のゲートで蓋がしてある。

そのゲートを上側に引き抜いて、切り欠き部すぐ下流側の水路の両側に切ってあるスリット（幅二センチ×深さ一・五センチ）に入れると水路が閉じられて、泥抜き用の切り欠きから水路の水が河川側へ流れ出る。

修は取水口のゲートを閉めてから、切り欠き部四カ所のゲートを全て引き抜いて水路のスリットに入れた。

一番下流側の切り欠き部には水路にスリットが無いので、引き抜いたゲートを堤防に設けられたゲート用のフックに掛けた。

さらに、堤外水路から堤内に入る直径五十センチの土管の前を塞ぐ直径五十七センチの丸いゲートの水門を閉じた。

この水門は、上部に直径四十センチの丸いハンドルが水平方向に付いていて、そのハンドルを回すと、ハンドル中心に切られた雌の角ねじが回転して、直径三センチの垂直軸に切られた雄の角ねじと噛み合ってその軸を上下させ、これに伴って軸とつながっている下部の丸いゲートが上下する仕組みとなっている立派な代物である。

これで、取水口を含む五カ所の鉄板ゲートで水路内が仕切られるので、砂利が堰き止められる筈である。

翌日、堤外水路の砂利の量を確認した。今回の雨量は前回の二度の大雨よりも多かったが、修の策が功を奏し、水路に溜まった砂利の量は今までで一番少なく、取水口から約六メートル（深さ十五センチ）だった。

除去工数三十分。

堤外水路の問題点は今回のように水路のゲートを全て閉じていても、水路の上部が開いているので、そこから増水した川の水が入り、水路に砂利が溜まることである。


八月二十八日㈪、午後二時三十分。

「もしもし、市島町与戸の阿部修と申しますが、池田さんをお願いします」

池田とは、丹波土木事務所河川課の美和川河川改修工事の担当者である。

「池田は転勤して居りません」

「えっ、そうなんですか。では美和川の担当の方をお願いします」

「お待ち下さい」

「もしもし、加藤と申します」

なんと、若い女性の声である。

「市島町与戸の阿部修と申します。お願いがあるのですが」

「はい」

「美和川の川角井根のことです」

「川角井根？　ちょっと待って下さい。図面を見ます」

この女性は若いが、中々しっかり者のようである。

「お待たせしました。その井根の位置を教えて下さい」

「高町橋の下です」

「ああ、取水⑥ですね」

「取水⑥？　高町橋の下流側の最初の井根ですよ？」

「分かりました。取水⑥で合っています。それがどうかしましたか？」

「今年の三月末の用水路の掃除のときには取水口から約四十メートル程度、堤外水路いっぱいに砂利が溜まっていて、自治会員全員で砂利上げをしました」

「はい」

「そのときは改修工事後初めての溝掃除だったので、取水口のゲートが開いていていて堤外水路に土砂が入ったのだろうと考えていました。

その後、田植え時期には問題なく用水を使えたのですが、七月に一度、八月に二度大雨がありました。その増水で堤外水路の上面より川の水位が上がったため、取水口のゲートを閉めていても砂利が水路に入りました。意味分かります？」

「分かります。大雨のときに堤外水路に多少の砂利が入るのは仕方ないですね」

「水路に入った砂利は私一人で上げました」

「はい？」

「その砂利上げにかかった合計工数は四時間です」

「はい」

「従来の井根は堤内水路でしたので、取水口の水門さえ閉めておけば水路に砂利は入りません。今回の改修工事で堤外水路になったために水路に砂利が入り、砂利の除去に四時間の余計な工数がかかります」

「まー、そういうことですね」

「私は二〇一五（平成二十七）年七月十四日十九時三十分から与戸公民館であった由良川水系美和川河川災害関連事業についての説明会に出席しております」

「はあ？」

「説明会の目的は美和川の改修に伴う農業取水についてですが、担当は丹波土木事務所河川課です。会議には丹波土木事務所の中野部長さん、河川課の田中課長さん、担当の池田さんと有田さんが出席されていました。与戸自治会からは自治会長をはじめ自治会役員と自治会員の一部（美和川改修に伴う農業用水の使用者〈小作者及び地権者〉）が出席しています」

「はい」

「この説明会の議事録は河川課に残っている筈です。今から私の言うことが間違いないか確認して頂いても結構です」

「はぁー？」

「説明会の焦点は専ら改修工事中の農業用水の確保に集中しました。何故なら水稲に必要な水の確保が耕作者の最大の関心事だからです。この問題の結論は工事業者がポンプアップをしてでも必要な用水を確保するということで落ち着きました」

「そうですか」

「それはそれで良かった。しかし、出席していた自治会員は堤外水路に砂利が入ってその掃除をしなければならないことに全く考えが及ばなかったんです」

「なるほど」

「その理由は自治会員が堤外水路というものを知らなかったからです。この説明会で県（河川課）は、大雨のときに堤外水路に砂利が入ることを説明しなかった」

「どうしてでしょう」

「自治会員はこんな不具合があるとは夢にも思わなかった。県に任せておけば上手くやってくれると思っていました。ところがそうではなかったんですよ。あのとき、県は意図的にその不具合を隠していたと思います」

「何故ですか？」

「そんな話をしたら、収拾がつかなくなり与戸自治会の承認が取れないからです」

「……」

「だいたい、大雨ごとの砂利上げ作業など、与戸の自治会は承知していないんです」

「はい」

「この不具合は県の責任で何とかしてもらわないと困ります」

「ふー」

「美和川改修工事の大部分の費用が税金で賄われていることは知っています。その水を使う耕作者は心から感謝をしなければならない。しかし、この工事に瑕疵《かし》があるなら正さなければなりません。大雨ごとの砂利上げ作業は孫末代まで続くんだ。そんな難儀を子孫に押し付けてはいけない」

「鈴木課長、さきほど阿部修さんから電話がありました」

美和川河川改修工事の担当を二〇一七（平成二十九）年四月から引き継いだ加藤温子《かとうあつこ》が言った。

「阿部って誰？」

丹波土木事務所河川課の鈴木圭一《すずきけいいち》課長も二〇一七（平成二十九）年四月からの配属である。

「市島町与戸の方です」

「それで？」

「美和川与戸地区の取水⑥の堤外水路に大雨が降ると砂利が入って困るという苦情です」

「あの改修工事は今年（二〇一七〈平成二十九〉年）六月に終了したんだったね？」

「そうです」

「堤外水路には多少の砂利が入るもんだよ」

「私も砂利はどこの堤外水路でも入りますよと言ったのですが……」

「それで？」

「阿部さんは、工事前の説明会のときに堤外水路に砂利が入るという説明がなかったと言われています」

「なるほど。前の担当が話していなかったようだね。それでどう回答したの？」

「今度大雨が降ったあとに一度確認に行きますと言っておきました」

「同じような苦情は他にあったの？」

「ありました。阿部さんの言われている取水⑥の二つ下《しも》にある酒梨地区の取水⑧です」

「その対策はしたのかね？」

「はい。取水⑧は七月の大雨のときに三十メートル近く堤外水路に砂利がいっぱいになりました。井根の管理をしている酒梨自治会から矢のような苦情があって、水路の入水口を狭める追加工事をしています」

「それは何時だね？」

「八月初旬です」

「そう。じゃー今度、大雨のあとに取水⑥の確認に行ってくれ。しかし、対策をするとは言うなよ。予算がないからね」

「分かりました。

それから、課長。美和川で今期中にやらなければならない工事が二件残っています。一件は取水④の堤外水路の補修工事。もう一件が取水⑥のステップ改修工事です」

「ステップ改修工事って何？」

「堤防から取水口に降りるのにコンクリートの階段を付けていますが、取水⑥（川角井根）のすぐ上に橋がある関係で、階段より二メートルほど堤防の天端が高くなっています。その二メートルを降りるのに垂直階段を付けているのですが、上がり下がりが大変なので、その改修です」

「垂直階段？」

「垂直のコンクリート壁に鉄筋をコの字に曲げたものを三つ付けています」

「両手が塞がって道具を持って降りられないんだね？」

「そうです。本件は完成検査のときに与戸の自治会長さんから改修依頼があったので、今期中に改修する約束をしていました。しかし、阿部さんの要望はさっき初めて聞きました」

「完成検査時に何故要望がなかったのかな？」

「六月の完成検査前には大雨が降らなかったので、堤外水路に砂利が入ることが分からなかったようです。大雨が降ったのは七月以降で、酒梨自治会が苦情を言ってきたのも大雨のあとです」

「とりあえず現場確認をしてから判断しよう」

「分かりました」

酒梨地区の取水⑧では（上流側の）堤外水路から堤内の水槽に入った水をポンプ

アップしている。その水槽をオーバーフローした水は別の（下流側の）堤外水路を通り、下流側にある酒梨地区の田んぼの用水となる。

ここでポンプアップされた水は、六百メートル北にある酒梨地区内で一番大きなため池に入り、酒梨地区の約七割の田んぼの用水となる。従って、取水⑧は酒梨自治会の生命線である。

以前水槽のすぐそばにあった取水口は、今回の改修工事により七十九メートル上流の位置になり、堤外水路で旧取水口とつながれた。

この上流側の堤外水路に多くの砂利が入る理由は川が右に曲がっているためで、大雨時の増水が左岸側にある堤外水路を呑み込み、堤外水路が水没してしまうからである。

下流側の堤外水路の長さは五十六メートルある。この水路は昔からあったもので、今回の改修により現況と同等サイズで復旧された。

この用水が最初に入る田んぼが修の南田である。上流側の堤外水路に砂利が詰まれば、当然下流側の堤外水路には水が来ない。

修が坂口から返却された川角大町、川角小町、南田は、三枚とも「堤外水路の砂利詰まり問題」に煩わされることになってしまった。

4

二〇一七(平成二十九)年は異常気象だった。大雨は七月四日、八月七日、八月十八日の三度もあり、その度に取水⑥、取水⑧の堤外水路に砂利が入って用水が止まった。

取水⑥(川角井根)の堤外水路の砂利の除去は、三度とも修一人でやった。修一人で除去した理由は、正確な除去工数が知りたかったからである。その工数は合計四時間だった。

九月一日㈮。

修は八月十八日の大雨のあとの井根の写真を添付した次のような「改善要望書」を作成して、組長経由で与戸自治会長に提出した。

与戸自治会長　様

問題点
七月に一度、八月に二度、大雨時に川角井根取水口から堤外水路二十メートルの間に砂利が入り、その砂利を取り除くのに一人で合計四時間かかりました。大雨時の砂利流入対策が必要だと思います。

対策
八月二十八日㈪、兵庫県丹波県民局丹波土木事務所河川課（担当、加藤さん）に電話で対策について相談したところ、九月に入ったら一度大雨時に確認に行きますとのことです。また、対策については自治会長様に連絡するとのことですので、宜しくお願い致します。

添付写真（取水⑥、取水⑦、取水⑧の取水口と取水口上流の写真。計六枚）

九月十一日㈪。
早朝、修は与戸公民館のゴミステーションへ金属ゴミを持って行った。その帰り道、自治会長の家の前を通りかかったときに自治会長が門にいた。

「お早うございます」

修は自治会長に声をかけた。

「お早う」

「八組の組長から『川角井根改善要望書』を受け取ってもらいましたか？」

「受け取ったよ」

「よろしくお願いします」

「了解」


午後二時半ごろ、修はゴミステーションへ金属ゴミを入れていた空箱を取りに行った帰りに川角井根の確認に行った。今夜から八〇ミリの大雨の予報があったからである。

井根の取水口のゲートはいつも閉じているのに今日はめずらしく開いていた。誰かが用水を使っているのだろうと思い、田んぼを見て回った。

用水を使っていたのは修が小作に出している川角大町だった。白い軽トラックの横で水が入る様子を見ていたのは永井だった。

「こんにちは」

修は久しぶりに会った永井に笑顔で声をかけた。

「こんにちは。お世話になっています」

永井は修に礼儀正しく頭を下げた。

「黒豆は今ごろ水が要るんか？」

「そうなんです。私も素人ですが、先生に聞いたら、今やれと言われました」

「ふーん。しかし、ようできよるな」

修は青々と育った丹波黒大豆を見ながら言った。

「おかげさまで」

「今夜は大雨なので川角井根のゲートは閉めといてや。予報ではかなり降ると言うとったさかい、取水口から三番目のゲートまで全部閉めといて」

「分かりました」

「頑張りや」

「はい」

修は若い永井が黒大豆作りをしていることをとても頼もしく思った。

九月十八日(月)。

昨夜から早朝にかけてやってきた「台風十八号」は最大風速二五メートル、最大雨量は竹田川の上田水位観測所の水位計で二・九メートルだった（通常時は〇メートル）。

竹田川上田水位観測所は竹田川と美和川の合流地点から下流二キロメートルの位置にある。美和川には水位計が無いので、下流側直近の水位計が上田水位観測所となる。修は「堤外水路の砂利詰まり問題」に関わるようになってから、大雨のときには竹田川上田水位観測所の水位をチェックしている。

水位チェックと言っても、いちいち丹波市役所に問い合わせなくても簡単に分かる。世の中便利になったもので、テレビでその水位をタイムリーに知ることができる。その方法は次の通り。

テレビをつける→NHK総合→気象情報（あなたの街の天気）→警報・注意報→防災・生活情報→河川水位・雨量

台風一過の十八日午前六時に水位は一・二メートルまで減少した。修は早速、川角井根へ確認に行った。結果は次の通りである。

① 取水口のゲート（第一ゲート）を水が越えて水路に入り、取水口から約八メートルに砂利が入る。水路に堆積した砂利の体積は一立方メートル（水路幅〇・五メートル×砂利堆積深さ〇・二五メートル×砂利堆積の長さ八メートル）

② 第二ゲートから第三ゲートの間に砂利は無く、きめの細かい泥が数センチ溜まる。

③ 第三ゲートから第四ゲートの間は泥も砂利も全く無い。

九月十九日㈫、午後一時四十分。

修は丹波県民局丹波土木事務所河川課に二回目の電話をした。

「もしもし、市島町与戸の阿部修と申しますが、河川課の加藤さんをお願いします」

「お待たせしました。加藤です」

「大雨が降りましたので、川角井根を見てほしいのですが？」

「分かりました。数日のうちに見に行きます」

「確認されたら、私に電話していただけますか？」

「分かりました」


九月二十一日㈭、午後四時三十分。

河川課の加藤より修に電話があった。

「河川課の加藤ですが、美和川の取水⑥の堤外水路を確認しました」

「どうでしたか？」

「かなり砂利が入っていましたね」

「それで、対策はどうされますか？」

「工事は完了しておりますので、今更どうすることもできないのですが……」

「何もしてくれないんですか？」

「予算もありませんしね」

修の思った通り、県（河川課）は動かない。こうなれば少しごねるしかない。

「困りましたね。平成二十七年七月十四日の説明会では砂利が入ることなど一切言われなかったのに、砂利が入ったら知らないということですか？」

「説明会には前の担当者が出ておりましたので、私はその件については存じません」

「ほー、河川課は担当者が変われば知らないというような一貫性のない職場ですか？」

「そうは申しませんが……」

「子供の使いか？　あなたで話にならないのなら、上司の方と代わって頂けますか？」

「……」

加藤温子は若いが冷静である。修は話題を変える。

「酒梨地区の取水⑧の入水口が狭くなっていましたよね」

「はい」

「あの追加工事は何処がされましたか？」

「河川課ですが」

「何故、取水⑧だけ追加の工事をするのですか？」

「取水⑧は水路の砂利の堆積がひどかったので……」

「取水⑧も取水⑥も砂利が堆積しますよね」

「そうです」

「何故、取水⑧だけ対策するのですか？　河川課に対策の基準はありますか？」

「……」

加藤は河川課に対策基準が無いので答えられない。

「基準が無いのでしょう？」

「まあ……」

これで修のペースになった。

「要するに、喧《やかま》しい市民の声だけ聞くわけだ」

「……」

実際そうなので加藤は何も言えない。

「喧しく言えばやってくれるのなら、私は明日から毎日加藤さんに電話しますよ」

加藤はついに観念する。

「分かりました。取水⑧の対策は今回の十八号台風のときに実際効果がありましたので、取水⑥も検討してみます」

「何時ごろまでに？」

「十一月に取水⑥のステップ改修工事をしますので、同時施工を考えてみます」

加藤は検討すると言った。役人の世界で「検討する」は「やらない」と同義語なので全然納得できないが、役人の世界で担当者個人が即決することもできない。それを分かっている修は、いったん電話を切った。
多分、加藤は修の言い分を上司に伝えるだろう。

5

九月二十九日㈮。

修は川角井根の砂利上げをした。十八号台風後の砂利上げは初めてなのだが、先週末に誰かが八割程度上げてくれていたので、その残りを上げた。取水口から第二ゲートまでの砂利はかなりの量があったが、取水口から水を入れながらやると水圧で砂利が押されるので少しは楽にできた。午前九時から十時半まで一時間半かかった。明日は筋肉痛だろう。

十月二日㈪。

修は早朝、川角井根で、ある実験をした。入水口を狭くしたときの水路への入水量の変化をみる実験である。

多分、河川課は予算が無いので最小限の砂利対策しかしないだろう。それは酒梨地区の取水⑧と同じようにすることである。

入水口は川の水の流れと平行に切ってあり、その入り口幅は一メートルである。そこに入った水は入水口と直角方向の堤外水路の取水口に入る。堤外水路取水口の幅は水路の内幅と同じ五十センチである。

修がやるのは、入水口の構造は取水⑧と全く同じなので、酒梨地区の取水⑧と同じようにしたときに入水量がどれだけ変化するのかを確認する実験だ。

取水⑧の対策は、一メートルある入水口の上流側の半分（五十センチ）をコンクリートで塞いでいる。砂利は上流側から入ってくるので、それを防ぐためである。

修はコンパネで入水口の上流側半分を塞いで水路に入る水量を確認した。水量の測り方は水路を流れる水の高さを見れば分かる。

結果は入水口が全開時と、半開時の入水量にほとんど変化がなかった。これで、取水⑧と同様の対策をしても問題がない。

帰宅した修は午前九時過ぎに河川課の加藤に電話をした。

「もしもし、市島町与戸の阿部修と申しますが、加藤さんをお願いします」

「お待ち下さい」

「はい、加藤です」

「阿部です。例の美和川の井根の改修工事ですが、来月でしたね？」

加藤は修のことをほとほとしつこい奴だと思っているが、頭がいいので口に出さない。

「あれは、まだ検討中です」

やると言わない加藤に、修はおかまいなく話を続ける。

「今朝、実験をしたんです」

「実験？」

「井根の入水口の上流側をコンパネで半分塞いで、水路に入る水量を確認しました」

「はー？」

「結果は、半開時と全開時の入水量にほとんど変化がありません」

「そうでしたか」

「ですから、酒梨地区の取水⑧で対策した方法と同じ方法で、取水⑥を対策しても問題はありません」

「なるほど」

加藤は修の実験の意味を理解した。

「来月にステップ改修工事をされるんでしたね？」

「十一月から来年の三月の間になります」

「前の電話では十一月でしたよ？」

「少し遅れます」

「そうですか。では施工前に対策内容を与戸の自治会長に説明して下さい。自治会長には、河川課の加藤さんと話したことを伝えますので」

「分かりました」


十月二十一日㈯、午前九時三十分。

明日は大型台風二十一号が来るというので、井根のチェックをした。川角井根のゲートは全て閉まっており問題なし。堤外水路の河川側に土砂が溜まって草が茂っている。その草が長く伸びて水路に入り込んだ箇所の草刈りもした。

取水⑧の下流側の堤外水路から堤内に入る水門が閉じているか確認もした。これで堤外水路関係の台風対策は万全である。

台風二十一号が丹波地方を襲った。修はいつものように竹田川の水位をテレビで確認する。

日時		水位（メートル）
十月二十二日	十九時　十分	二・四〇
	二十一時　十分	二・六四
	二十二時五十分	二・九〇
十月二十三日	四時二十分	二・四一
	九時二十分	一・六四

竹田川上田水位観測所の氾濫危険水位は三・一メートルである。二十二日の二十二時五十分には氾濫危険水位にあと二十センチに迫った。

国土交通省のデータによると、降り始めから二十三日午後三時までの総雨量は丹波市柏原町柏原で二五三ミリだった。春日町石才の田んぼや道路は湖のように冠水したが、幸い美和では冠水の被害は無かった。

この台風では激しい雨もさることながら、強風が吹き荒れた。修の家の離れの二階の屋根の四隅に鳩の棟飾りが付いているが、北西側のひとつが強風で吹き飛ばされてしまった。

鳩の棟飾りは実際の鳩の一・五倍の大きさで重量は二キログラム程度だが、強風で接着剤が外れて北側に落ちて、屋根の二カ所でバウンドしたらしく、二階と一階の瓦が一枚ずつ割れていた。一階の瓦は梯子をかけて簡単に予備の瓦と交換できたが、二階の瓦は隅棟付近で、割れた瓦が外れない。仕方がないので漆喰で埋めて補修した。

こんなことは初めてである。後日新聞で、瞬間風速は丹波市柏原町で観測史上最大となる二七・四メートルだと知った。

兵庫県は二十六日に、台風二十一号による県内の農林水産業の被害金額を約十二億円と発表した。

二十五日午後五時時点の数字で、被害地域は二十三市八町の九百三十カ所、面積は八八八ヘクタールに及ぶという。

一方、二十六日午前十時時点の負傷者数は神戸や芦屋、尼崎市など十二市町で重傷が一三人、軽傷が六五人だった。豊岡や加東、神戸市など二十二市町で四五四世帯八四三人が避難した。

相次ぐ台風襲来や秋雨前線の停滞で、丹波地域など西日本は雨続きの十月だった。気象庁によると、丹波市柏原町の月間雨量は十月では最多となる四三一ミリを記録し、月の日照時間も最少の七十八・六時間だった。また、全国的に広い範囲で天候に恵まれず、野菜の価格も急上昇している。

降雨量は一九七六年以降、日照時間は一九七九年以降の観測数値。柏原町の日照時間七十八・六時間は平均の六割程度の数値で、降雨量は平年の約三・六倍だった。

このため野菜の販売価格も高騰。丹波市立地方卸売市場の卸値は、ホウレン草は十月半ばからの半月で約一・九倍、小松菜は二・九倍、キュウリは三・二倍になった（二〇一七年十一月三日の『神戸新聞』より）。

この野菜の高騰は全国的なもので、二〇一八年四月までの六カ月の長きに亘り庶民を悩ませ続けることになる。

6

二〇一八（平成三十）年二月十九日㈪。

修は午前九時過ぎに、与戸公民館のゴミステーションへびんを持って行った。その帰り道、川角井根の付近にトラックが停まっていたので見に行った。

なんと、そこでは二人の人夫がコンクリートの型枠を外していたのである。よく見ると、コンクリートで入水口の半分が塞がれていた。これは修の要望通りの内容である。人夫の一人に修が聞いた。

「そこの囲いにスリットは入っとるの？」

すると人夫が答える。

「入っています」

スリットは入水口に鉄板のゲートを差し込むためのものである。修が思った通りの出来栄えである。

「ありがとう。ご苦労さま」

修は人夫たちに笑顔で礼を言った。

河川課の加藤は修との約束を守ったのである。勿論、ステップ改修工事も見事な出来栄えだった。


二月二十五日(日)。

午前中に与戸自治会の役員日役があったようだ。

昨年十月の大型台風二十一号で美和川井根の堤外水路には砂利がたっぷりと堆積したままだった。美和川の与戸自治会の井根は合計六カ所ある。その堤外水路の砂利を役員たちで除去したようだ。

修は役員日役のことを数日後に知った。確か昨年は三月末の用水路の掃除のときに自治会員全員で堤外水路の砂利上げをした。

六カ所もある堤外水路の砂利上げを、僅か十六人の役員でやるのは大変だ。修は、何故役員だけでやるのだろうと不思議に思った。


二月二十六日(月)、九時五十分。

「もしもし、加藤さんをお願いします」

修は河川課に電話をして、一言礼を言っておきたかったのである。

「加藤です」

「市島町与戸の阿部修です。川角井根の改修工事、よーできとったで。ありがとう」

「いいえ。これからも宜しくお願いしまーす」

明るく弾んだ声が返ってきた。

加藤温子は若いが一人前の仕事師であった。

7

三月三日(土)。

枝垂れ梅が満開になった午下《ひるさが》り、修はスーパーカブで今年初めて南田へ向かった。カブの荷台には小ぶりのスコップを括りつけ、左手には鍬を持っている。

川角の大町と小町は昨年に引き続き、今年から五年間永井が小作をしてくれることになったので、修が管理しなければならないのは市島町酒梨字南七九番一にある五七八㎡の南田のみである。地番の通り南田は酒梨地区にある。

数日前に、昨年南田を貸していた三輪小学校支援コーディネーターの高見さんが、トラクターで荒起こしをしてくれたので、水切りをするためにやってきたのである。

田んぼの管理で一番大切なのは水切りである。田んぼを乾いた状態にしておくと草刈りも楽である。

「阿部さん、何しよってんやいね?」

昨日の雨で重くなった土をスコップで上げていると、後ろから誰かの声がした。見れば分かることを、わざわざ聞く無粋な奴は誰だろうと顔を上げると、その声の主は酒梨自治会副農会長の吉見である。

「水切り」

修はぶっきらぼうに答えた。

「精が出ますね」

吉見は修より年下なので丁寧な敬語を使った。

「あんたは、何しょってやいね」

と、修は返した。

「午前中にこのパイプを敷設しましてん」

吉見は自分の田んぼの塩ビパイプを指差した。

修の南田は美和川左岸堤防の隣にある。その南田を挟んで、美和川と平行に幅二メートルの農道があり、その農道の斜向かいの吉見の田を見ると、直径十五センチ塩ビパイプが用水路に突き出ていた。排水口のようである。

この用水路は先月改修され、農道に沿って新品の二十センチのU字溝が入っている。そのU字溝から用水を引くための開閉バルブ付きの十五センチの塩ビパイプが上流側にあった。

改修前は畦を切って用水路に排水していたようだが、吉見は直径十五センチの塩ビパイプを敷設したようだ。修は真新しい排水パイプを繁々と見てから言う。

「吉見くん、あんばいできとるやないか」

「午前中にやったんです。しんどかったわ」

「排水は大事やからなー」

「そうですね」

吉見の田んぼには用水路の反対側に排水溝がある。この田んぼの排水はその排水溝に流すのだが、一カ所の排水口では田んぼが乾かないので、この排水パイプが必要なのである。

修は吉見に聞きたいことを思い出した。

「吉見くん。君は副農会長やったな」

「はい」

「与戸地区の用排水管理の責任者は自治会長やけど、酒梨地区では農会が管理しとるんやて？」

「そうなんです。新しくできた堤外水路には、何度も砂利が入って往生してます」

「与戸も同《おんな》じや。

酒梨井根の入水口の改修工事は効果があったか？」

修が聞いているのは取水⑧の改修の効果である。

「効果はありますよ。取水口から十メートルほどは砂利が入らなくなりました」

「そう。与戸も河川課の加藤さんに頼んで、この前同じようにしてもろたんや。加藤さん知っとるか？」

「勿論です。三十歳の女性ですが、しっかりしとります」

加藤は三十歳だった。

「会《お》うたことあるんか？」

「数回会って直談判しました。美人でっせ。女優でいうたら夏目雅子似です」

「本当《ほんま》かいな？　おれは電話ばっかりで、会うたことないわ」

「嘘や思うんやったら、見てきたらよろしいやん」

「要らんこと言うな」

「しかし、酒梨の堤外水路は問題だらけです」

「砂利か？」

「そうです。改修工事で取水口から十数メートルほどは砂利が入らなくなりましたが、その下流側に砂利が入るので困っています」

その理由は川が右に曲がっているためで、大雨時の増水が左岸側にある堤外水路を呑み込み、水路が水没するからである。

「河川課は何《なん》にもしてくれへんのん？」

「何回も交渉しましたが、糠に釘、暖簾に腕押しです」

「そやろな。せやけど何とかしてもらわんと困るで」

河川課は金のかかることをする気は毛頭ないのを知っていて、修は平然と言った。

「どうにもなりませんわ」

「去年、この田んぼで赤米を作ってたん知っとるか？」

修は南田を指差した。

「知ってます」

「赤米は収穫時期が普通米より一カ月遅いのや。台風十八号で堤外水路が砂利で詰まってからさっぱり水が来《こ》んかって、弱ったで」

「十八号は九月の中ごろでしたんで、砂利上げはしてません」

「そやろ。何とかしてもらわんと困る」

「そんなこと言われてもできません」

その言葉を聞いた修は止めを刺す。

「おれは酒梨自治会に水利費を払《はろ》てるんや。用水が来《こ》んのは困る」

修が怒ったので、吉見の顔色が変わった。

「河川課に言うても埒が明かんので、農会で対策を考えています」

「どんなや？」

「堤外水路の上を塞ぎます」

「なるほど。そらええな」

「とりあえず、木の板でやってみようと考えています」

「ご苦労さんやな」

「もう百姓なんか儲からへんので、どうでもよいのですが……」

吉見は修の顔を見て真顔で言った。

「そうは言うても、吉見くんは農会の役員やろ。君らを見る人は見とるで」

「そうですやろか？」

「君らが何もせんかったら、孫末代まで禍根が残るやないか」

「そらそうですよね」

修の言う通りで、誰が農業をやるにしても用水は要るのである。

8

四月十九日(木)。

午前五時半、朝早いのが慣れている修は、コメリで買った新品の長靴を履いた。前の長靴に穴が開いたので仕方なく買ったのである。

今日の天気予報は快晴だが霧が深い。有名な丹波の朝霧は秋だけではない。ピカピカに磨き込まれた愛車のスーパーカブで、今年初めての川角井根のチェックに出かけた。

修のホンダスーパーカブの型式は「C50CMN」である。その意味は、排気量が49ccのセル付きのカスタム車で一九九二年製を表す。

二十六年前の旧車だが、走行距離はまだ七四〇〇キロメートルと少ない。数年前に修がキャブレターを武川PB16ビッグキャブキットに交換した優れものである。

数日前、川角大町の南隣の田んぼに水を張って田ごしらえをしているのを見かけたので、井根の水の上がり具合を見に行く。川角井根の用水を使うのは、あの田んぼが今年初めてである。

一番下流側から用水路を見ていくと、U字溝の底から二センチ程度しか水が流れていない。これは何か変だと思いながら、水路づたいに上流側へ歩いた。

すると、修の川角小町の北西端の会所桝に草がいっぱい溜まっていた。誰かが水路の上流で草刈りをしたらしい。修は会所桝の蓋を開けて、素手で草を引き上げた。早朝なので水の冷たさが堪える。

会所桝に溜まった草を全部引き上げたら結構な嵩である。そこから堤防沿いの水路を上流側へ歩いたが、水は水路の底から二センチ程度と変わらない。これでは水量が足りない。

堤外水路から堤内に入る直径五十センチの土管の入り口を塞ぐ水門の直径五十七センチの丸いゲートはいっぱい開いている。

堤防を歩いてさらに上流の川角井根に向かう。川の水も減っていた。川の水は川底から五センチ程度しかない。一斉に田ごしらえが始まるこの時期には川に流れる水は極端に減る。

井根の入水口を見て修は驚いた。井根に水を引くには川を堰き止めるための堰板を川の流れに直角に置くのだが、なんと、堰板が四十五度の角度で置いてあり、それも一枚だけである。誰の仕業か知らないが、これではほとんどの水が川の下流に流れ出て、用水路に入らない。

修は四十五度になっている厚さ四センチ×幅二十センチ×長さ三・二メートルの板を流れに直角方向に直した。

堰板を置く川底の平らなコンクリートの面には堰板を止めるため、みぞ形鋼が三メートル間隔で五カ所に固定されている。

入水口側に一枚しかない堰板をきっちりと当てる。あとは堰板の上流側に板止めの石を等間隔に置く。川底からたった五センチの水の量でも長さ三・二メートルの堰板を正しくセットすると、十分な水が水路に入った。

四月二十日㈮。

今日は穀雨である。穀雨とは二十四節気の一つで、新暦では今ごろにあたる。穀雨の意味は、百穀を潤し、芽を出させる雨ということである。

しかし、このころとくに雨が多いというわけではないが、降れば菜種梅雨ということもある。北国ではストーブをしまい。東日本では冬服を脱ぎ、西日本ではふじの花の咲き始める季節である。

今朝も五時半に長靴を履き、スーパーカブで出かける。今朝は霧がなかった。修は川角小町の北西端の会所桝の横にカブを停めた。

昨日草が詰まっていた会所桝の蓋を開けて中を確認する。草は無い。そこから堤防沿いに用水路を上流側へ歩く。水の量は昨日より多く、用水路の底から五センチの高さに増えている。

川角井根の堰板も昨日のままである。井根の取水口から長さ九十三メートルの堤外水路が右岸堤防沿いに延びる。

水路上面の堤防側は三十五センチ幅の平らなコンクリート面になっている。そこを下流側へ歩いて堤外水路の状態を確認する。

堤外水路には十八・六メートルごとに河川側に幅五十センチ×高さ四十センチ（水路の高さと同じ）の切り欠きがある。

その切り欠き部分を厚さ六ミリの鉄板ゲートで塞いでいる。切り欠きの目的は、水路に入った異物や砂利等を河川側へ流して、水路の掃除をするためである。

修はそのゲートがしっかり閉まっているか確認をした。少しでも開いていると、そこから用水が漏れ出る。

都合五カ所ある切り欠き部のゲートの確認と、堤外から堤内に入る直径五十センチの土管の入り口を塞ぐ直径五十七センチの丸いゲートの確認をしたが、異常はなかった。これで今年の用水は大丈夫である。

あとは、大雨時の「堤外水路の砂利詰まり問題」だが、今年は雨がどれぐらい降るのだろうか。

9

四月二十四日㈫。

夜半から近畿地方に二十四時間で一五〇ミリの大雨の天気予報である。時間予報では二十五日の午前二時がピークの九ミリ（一時間）である。

修は午後四時過ぎに川角井根へ行った。取水口のゲート（第一ゲート）を閉め、第二、第三のゲートを河川側から水路側に差し換え、用水路の切り欠き部分を開放状態にした。

田ごしらえの時期なので、水が必要なため、他の井根の取水口は誰も閉めていなかった。

四月二十五日㈬。

午前六時過ぎに川角井根を見に行ったら、増水した水は第一ゲートを越えて第二ゲート付近まで堤外水路を呑み込んでいた。第二ゲートから下流に水は入っていなかった。

増水中に井根に近づくのは危険なので、修は午前十時半に再度鋤簾《じょれん》を持ってスーパーカブで川角井根に行った。

川の水位は第一ゲート上部近くまで減っていたが、勢いよくうねる水流が時々ゲートを越えて水路に入ってきた。

修は第一ゲートから第二ゲートの間に入った砂利の量を調べた。幸い水路に入った砂利はところどころに数センチ程度で、鋤簾を使って五分ほどで除去できた。

取水口ゲート前には砂利がいっぱい溜まっていたが、川の水が勢いよく流れているので、水が引かないと除去は無理である。

今年二月に県が水路取水口前の入水口を狭くする改修工事をしてくれたが、その狭くなった入り口の鉄板のゲートはまだできていない。そのゲートを閉じると取水口前に砂利が溜まらなかった筈である。

しかし、改修工事のおかげで、水路へ入る砂利の量はかなり減った。あの改修工事は成功したのである。

四月二十六日㈭。

今朝の『神戸新聞』で「県内各地で大雨　福知山線が運休」の次の記事が載った。

低気圧の影響で24日夜から25日未明、兵庫県内では各地で強い雨が降った。丹波市山南町下滝のＪＲ福知山線下滝駅では雨量計が規制値に達したため、ＪＲ西日本福知山支社は25日午前５時半ごろから約1時間半、丹波大山―下滝間で速度を落として運転。この影響で、福知山発新大阪行き特急「こうのとり４号」が運転を取りやめるなど上下計６本が運休（部分運休含む）、上下計４本が最大約1時間10分遅れ、約７００人に影響した。

修は午前六時過ぎに川角井根にカメラを持って行った。昨日の水が引いたところを撮るためである。

川角井根の取水口は右岸側にあり、川の水位は取水口ゲートの上部から十センチまで減っていた。

修は取水口ゲート前の砂利の状況を撮影した。砂利は水面と同じ高さまで溜まっているところを見ると、底から三十センチほど堆積している。

修はついでに下流側の井根も撮影するため左岸堤防を歩いた。川角井根の下流には酒梨地区の取水⑦と取水⑧の取水口が左岸側にあるのだ。

取水⑦の水位は取水口のゲート上部から二十センチだった。この井根の取水口は、丁度川が左に曲がっているところにあるため水位が低いのである。昨日ぐらいの雨では水路に砂利が入らない。

しかし、川の水位が減る渇水期には、左岸側には水が来ない。所謂弱い井根である。修は取水口と川の下流が納まるように写真を一枚撮った。

取水⑧も取水⑦と同じアングルで撮影しようと、取水口への階段を下りて行くと水路の遥か先に人が居た。よく見ると酒梨地区の山川さんだった。彼は修より一つ年配で礼儀正しい硬骨漢である。

修が会釈をすると、山川も会釈をしてこっちへ歩いてきた。肩に鋤簾をかついでいる。

「ご苦労さんです」

修は山川に砂利上げの労を労った。

「ほんまにこの井根は困ったもんやわ」

山川の第一声だ。

修は川角井根で十分経験しているので、朝早くから一人で砂利上げをする山川は同志のようなものである。

　取水⑧は取水⑦とは逆で、取水口から下流が右に曲がっている。そのため増水時には堤外水路が濁流に呑み込まれて砂利が入るのである。

「大変ですね」

　修は心から言った。

「八〇ミリ降ったそうや」

　一昨日の天気予報では二十四時間で一五〇ミリの予報だったが、実際は八〇ミリのようだ。

　取水⑧の水位は、今でも取水口のゲート上部と同じ高さだった。修はそれを写真に撮った。山川は丁度砂利上げを終えたところである。

　修は山川に質問する。

「どれくらい砂利が入ってました？」

「向こうのゲートから上流側に六メートルの長さで、砂利の深さは二十センチぐらいやな」

　山川が言っているゲートは取水口から十八・六メートル先の第二ゲートのことである。川角井根にはほとんど砂利が無かったのに、この井根には二十センチも溜まったのである。

「川角井根には入ってなかったですよ」

「どないしたら入らんようになるのやろなー」

山川は真剣な顔で言った。修は自分の考えを言う。

「現在、川角井根の水位は取水口ゲート上部から十センチ下です。ここの水位は取水口ゲート上部と同じ高さやから、理屈で言うたら、ここの堤外水路の河川側の壁をあと十センチ、いや余裕みてあと二十センチ高くしたらどうです？」

「そやなー、そういうことか」

山川も修と同じようなカメラを持参していた。

「その川角井根は何処にあるのや。写真を撮るわ」

「二つ上の井根ですけど」

「おおきに」

山川は軽トラックに鋤簾を積んで川角井根に向かった。

取水⑥（川角井根）、取水⑦、取水⑧の各井根の取水口と水位の関係は次の通り。

井根	取水口底面からの水位	取水口上面から水面まで	水路断面（幅×高さ）
取水⑥	三十センチ	十センチ	五十センチ×四十センチ
取水⑦	二十センチ	二十センチ	四十センチ×四十センチ
取水⑧	三十センチ	〇センチ	四十センチ×三十センチ

二十四時間の雨量が八〇ミリのときに、取水口ゲートを閉めておけば水路に砂利が入らないのは取水⑥と取水⑦で、取水⑧には砂利が流入する。また、取水⑥は八〇ミリ以上の降水量なら砂利が流入する。

取水⑧の水路断面で気になるのが水路の高さである。他と比べて十センチ低い。これは単純に取水可能量から断面寸法を決めたものだから、砂利の流入を防ぐためには河川側の高さを、あと十から二十センチ高くした方が良い。

四月二十七日㈮。

修は今朝も川角井根を見に行った。昨日はまだ水位が高く水も濁っていて、堰板に異常がないか見られなかったので、その確認をするためである。

川角井根の取水口は高町橋のすぐ下流の右岸にあるので、橋の上から状況を見ることができる。

川の水はまだ多かったが、今日は水の色が澄んでいたので堰板がよく見え、設置した状態から動いていなかった。

堰板は止め具の前に置いた石で固定しているだけなので、大水のときには流される可能性がある。

旧川角井根の堰板は八番線で堤防の杭に括りつけ流失防止をしていたが、現在の堰板にはそれが無い。

何故流されないのか不思議なのだが、美和川改修工事以来、一度も堰板が流失していない。取水口上流側の川底の角度が適切で、堰板の高さも合っているのだろう。

今の堰板の高さは二十センチである。現在の水位は川底から三十センチ程度だが、堰板上部を水がスムーズに流れていて、堰板にあまり負荷がかかっていないようだ。

10

四月二十八日(土)。

今日は午前七時半から与戸自治会の共同墓地の掃除だった。修は墓掃除が終わった八時半に帰宅してすぐ、左手に鋤簾を持ち長靴姿で愛車のスーパーカブに跨った。今から川角井根に向かうのである。

昨日まで井根の堰板を越えていた川の水は収まり、今日は川底から十五センチの水位になっていた。

修は誰かが開いていた取水口ゲートを閉じた。そして、取水口の前側に堆積した砂利を鋤簾で堰板の下流側へ移動した。

見かけより砂利の嵩があり、高さ二十センチ、幅三十センチで、長さが二メートル程度堰板の下流部に溜まり、堰板がしっかり固定できた。

次に二枚の堰板の、止め具の無い下流側に、大きめの石を置いて次の増水に備えた。

その後、取水口の鉄板ゲート(幅六十センチ×高さ四十センチ×厚さ六ミリ)の下部に高さ十センチ程度の石を置いて、その上からゲートを閉じた。

こうしておくことにより、ゲート下部の開放部（高さ十センチ×用水路内幅五十センチ）の開口面積が一定になり、入水量も一定になる。

もし、このゲートを取り外して取水口を開けっ放しにしておくと、川の増水時に入水量が増えて堤内の用水路が溢れてしまうのである。

川角井根の堤外水路から堤内に入ったところに会所桝がある。この会所桝は三方に口があり、西側の上手《かみて》から入る用水の入り口（内径三十センチ）と、北側の川角井根から入る用水の入り口（内径五十センチ）と、東側の下手《しもて》に出ていく用水の出口（内径三十センチ）がある。

設計上では、二つの入り口から入った用水全てが、東側の出口へ出る計算である。

非常に興味深いのは、計算通りにいかないケースで、会所桝に入った用水が、全て東側出口から出ないで、一部が北側入り口に出る場合がある。

この現象は西側から入る用水の量が多くなったときに起こる。その理屈はこうである。

西側の用水路と、東側の用水路は、全く同じ寸法のU字溝で、内幅三十センチ×深さ三十六センチである。そして、北側の川角井根の用水路は土管で、内径が五十センチである。また、西側の用水路は、北側の用水路に比べて、水路の勾配がかなり大きい（西側は北側の三倍程度勾配が大きい）。

西側から来る用水の量が多くなったとき（水量がU字溝の三分の二を超えたとき）には、会所桝内の水位が上がる。

このとき会所桝内では、内径三十センチの東側の出口より水位が上がるので、水の逃げ場がなくなり、北側の川角井根の内径五十センチの土管から来る水を押し戻して出ていくのである。

このため、東側の出口に流れる水量は一定に保たれ、余分な水は川角井根の堤外水路を逆流して川に出ていく。

この現象は東側の用水路が溢れるのを自動的に防ぐことになり、実に好都合である。多分、用水路の設計者はこのことに気付いていないだろう。

川角小町の県道を挟んだ南側の田んぼをトラクターで代掻《しろか》き作業をしているのは安藤忠信である。安藤は修より三つ年上の与戸の住人で、昨年から米作りを手広くやっている。修が草刈りで孤軍奮闘しているときに、アイスなどを差し入れてくれる心根の優しい人である。修は話をしようと県道側で待っていた。

安藤は修に気付いたらしく、ピカピカのトラクターを修のそばに停め、ドアを開けて畦に降りた。安藤のトラクターはキャビン付きで、冷暖房が完備され、ラジオとCDデッキが付いた超豪華なものである。

安藤はゆっくりとタバコに火を点けてから言った。

「お早う」

「お早うございます。二十五日の大雨、どうでした？」

「よう降りよったな」

「八〇ミリ降ったそうです」

「そうか、わし井根を閉めとらへんで砂利が入って、弱ったで」

「何処の井根です？」

「クンセイ井根や」

「川角井根は、おれが二十四日の夕方に閉めたさかい水路に砂利は無かったです」

二〇一五（平成二十七）年に開始された美和川改修工事は、美和川総長四キロメートルのうち、長尾川の合流地点付近から戸坂川の合流地点付近までの約一・四キロメートルの範囲で大改修された。

氾濫防止を目的としたもので、堤防の拡幅と、川床を低くすることにより流水量が増加した。

川床が深くなったため従来の井根の取水口が使えなくなり、井根の位置は当然上流側に移動しなければならない。そして、その新井根から旧井根取水口までが堤外水路となったのである。

美和川改修工事の詳細は次の通り（【】の橋梁は、各井根との位置関係を示す）。

取水箇所	井根名	地区	堤外水路延長	堤外水路断面
【高の浦橋】				
取水①	高の浦	与戸	六七m	幅〇・七m×高さ〇・四m
【番の田橋】				
取水③	クンセイ	与戸	一七六m	幅〇・三m×高さ〇・三m
【与戸橋】				
取水⑤	高町	与戸	二五m	幅〇・四m×高さ〇・三m

【高町橋】

取水⑥	川角	与戸	九三m	幅〇・五m×高さ〇・四m
取水⑦	〇〇	酒梨	一一八m	幅〇・四m×高さ〇・四m
取水⑧	〇〇	酒梨	七九m（上流側）	幅〇・四m×高さ〇・三m
			五六m（下流側）	幅〇・三m×高さ〇・三m

【南橋】

取水⑨	東田	与戸	二六m	幅〇・四m×高さ〇・四m

改修した約一・四キロメートルの範囲には橋梁が五つある。そのうちの二つが新しくなった。新橋梁になったのは、高の浦橋と番の田橋である。

安藤の言っているクンセイ井根とは取水③のことである。何故クンセイという名になったのか安藤に聞いたが、知らないらしい。

美和川改修工事で新しく堤外水路が七つできた（取水⑧の下流側のみ更新）が、堤外水路に最も多く砂利が入るのが酒梨地区の取水⑧の上流側で、二番目が与戸地区の取水⑥（川角井根）である。

安藤が修に聞く。

「今年は田んぼどうするん？」

「昨年と同じで、川角大町と川角小町は永井くんが豆を作ります。南田はおれが保全管理をします」

「そうか。川角大町の電気柵やけど、共同で使うのやったら田植えの後ぐらいに電線を張ってや」

昨年は永井に田んぼを貸すことになっていたが、黒大豆の植え付けが六月だったので、五月初旬に修が川角大町に共同電気柵を設置した。

「忘れとったわ。永井くんに言うときます」

「それから、用水路の草刈りもちゃんとやってや」

なるほど、永井は今年になってから田んぼは一度鋤いたが、畦畔の草刈りをしていないので、かなり草が伸びていた。

昨年の今ごろは修がくたくたになりながら草を刈っていた。安藤の言い分はいちいちもっともなので、修は素直に答える。

「はい。ちゃんと言うときます」

午後一時過ぎに永井が修の家にやってきた。この時期になると与戸農会から「営農計画書」の用紙が配布されるが、永井が他町のため地権者の修のところに用紙が届いたので、それを取りに来たのである。

「お早うございます」

もう昼過ぎなのにお早うと言うのは寝起きなのだろう。

「こんにちは。ご無沙汰やな」

「ご無沙汰しています」

永井は明るく答えた。今年に入ってからお互い顔を見るのは初めてだった。

「まー、入り」

前栽の松の枯れ葉を取っていた修が、玄関の大戸を開けて家の中へ招き入れた。玄関口にはシュロチクの植木鉢が置いてある。

最近めずらしくなった紅殻塗りの家は、修が五歳のときに父が建てたものだから、来年で築六十年になる。

玄関を入ると間口一間、奥行き二間のコンクリートの土間があり、その右側に幅一尺、高さ一尺二寸の昔ながらの長細い式台がある。式台の下は引き戸の下駄箱になっている。玄関の正面には妻が嫁入り時に持参した桐の下駄箱があり、その上にはガラスケースに入った博多人形が置かれていた。

式台に続く間が六畳の口の間である。強風が吹くと締め切っているのにガタガタと障子の音が鳴る古民家だが、修は父が建てたこの家を気に入っていた。

二人は式台に腰掛けた。修は農会から配布された資料について丁寧に永井に説明した。資料を受け取った永井が修に言う。

「来年は豆作りが三年目になるので、連作障害を防ぐため田を休ませようと思っています」

連作障害とは、同じ土地で同じ作物を繰り返し作り続けることで起こる生育不良である。

「どうするんや？」

「米を作ったらええんですけど、大変やから水を溜めておきます」

「なるほど」

「それから、戸坂に小さなビニールハウスを建てました。野菜の温室栽培の勉強をしたいさかい」

「適当な田んぼがあったんやな？」

「はい。今年は本業が忙しいので経験のためにと思うて」

「そら良いことやな。また田んぼがいるんやったら、南田も貸してもええで」

「あの田んぼも良い田ですね」

「何ぼでも使うてや」

「ありがとうございます」

永井は笑顔で帰っていった。

11

その日の午後六時半ごろ、修は川角井根を見に三輪小学校のそばの道幅二メートルのアスファルト舗装された農道を下り、南橋までスーパーカブで行った。

三輪小学校は美和が校区で、児童数は七十九名（平成三十年四月現在）である。市島地域の教育を考える会は、これまで五年半に亘って小規模校ネットワークの導入、小中一貫教育、学校の統合等様々な観点から検証し、できるだけ早い時期に五校（三輪、吉見、鴨庄、前山、竹田）を統合するのが望ましいとしていた。

三輪小学校の児童数は七十九名。単純に六年で割ると一クラス十三名なので、一人の先生が見るには丁度いい数である。本気で児童を教育する気があるのなら統合などとんでもないと修は思う。

三輪小学校に近い修の家が標高九三メートル、南橋の標高が七九メートルなので、その標高差は十四メートルもあり、三輪小学校の南側法面は十数メートルの急斜面になっている。スーパーカブで、急勾配の農道を下った修は一瞬目を疑った。

なんと、この夕方に南橋を通る県道に車が渋滞しているではないか。修は五分たっても十分たっても一ミリも動かない車列が「白毫寺《びゃくごうじ》の九尺ふじ」の見物客であることにやっと気付いた。

今年は桜も例年より一週間早かったが、白毫寺の九尺ふじも約一週間早く咲いた。あとで聞いた話では、今日一日で四千人もの見物客がやってきたそうだ。あの車列は国道一七五号線の春日インターまで続いていたのである。

南橋を通る県道は二八三号絹山市島線で、丹波市氷上町絹山と丹波市市島町を結ぶ一般県道である。丹波市の氷上地区と市島地区を結ぶ道ではあるが、氷上町香良《こうら》から市島町与戸にかけては不通区間で、高い山のため通り抜けできない。

市島側の始点は与戸自治会の農業用水池の永郷池の南側で、終点は東勅使の国道一七五号線との合流地点である。

道幅六・四メートルの二車線道路は、その左側に二・五メートルの広い歩道を持つ立派な県道である。

永郷池の水源は、すぐ西側背面にそびえる鷹取山、由良愛宕山、五大山の伏流水である。

鷹取山と由良愛宕山の間には美和峠があり、県道二八三号絹山市島線はこの美和峠を通って氷上町香良に出られるが、永郷池からは車が通れない細くて険しい山道である。両地区では、山を貫通するトンネルによる車道の全面開通を目指している。

白毫寺へ行くにはこの県道の途中から左折して、市道戸坂白毫寺線に入る。

五大山の山麓にある白毫寺の九尺ふじの夜間のライトアップは今日（二十八日）からで、日没から二十一時までである。

総延長約百二十メートルの藤棚は、日中の淡い色合いから夜のあでやかな紫まで多彩な表情を見せる。一メートルを超す花房が特徴で、この十日ほどで一気に満開になった。

境内は甘い香りで満たされ、訪れた家族連れやカップルは、頭上から降り注ぐように咲く花を見上げる。

期間中は境内に軽食などの販売テントが並び、五月五日には琴の演奏やコンサートなども催される。入山料は三百円（高校生以下無料）である。修は白毫寺の檀家なので、たくさんの見物客はとてもありがたい。

白毫寺縁起

寺伝によれば、七〇五（慶雲二）年法道仙人により開基された。本尊は天竺から伝えられたという薬師瑠璃光如来（秘仏）。眉間の白毫から神々しく瑞光を放っていたので、「白毫寺」と名付けられた。

また、入唐求法から帰朝の際に白毫寺を訪れた慈覚大師円仁（後の第三世天台座主）は、周囲の山並みが唐の五台山に似ていることから山号を「五台山」と命名（後世に五大山と改称）し、持ち帰った密教法具を伝えた。円仁が〝中興の祖〟と呼ばれる由縁である。

法道仙人はインドの僧で、中国・五台山で修行の後に日本を訪れた。円仁もまた五台山で修行を重ねている。開祖も中興の祖も、共に五台山にゆかりがあるのは不思議な因縁と言うしかない。

鎌倉時代には七堂伽藍が建ち並び、南北朝時代に入って赤松筑前守貞範など地元領主の庇護のもと、九十三坊を擁する丹波屈指の名刹として隆盛を極めたが、天正時代に明智光秀の丹波攻略に伴う兵火で焼失。

しかし、人々の厚い信仰に支えられて立派に再興し現在に至っている。二〇〇一（平成十三）年秋には、渡邊惠進第二五五世天台座主猊下の来山を得て、厳かに開基一三〇〇年慶讃法要が行われた。

修は渋滞した車列を横切ることは無理なので、歩道を通り南橋から美和川右岸堤防を上流側へ走り川角井根まで行った。井根は朝方直したままの状態で異常はなかった。

12

六月三十日(土)。

修が野村に依頼していた川角井根の入水口を開閉する鉄板ゲートが取り付けられた。依頼してから五カ月待ったが、これで増水時に取水口の前には砂利が溜まらないので、除去する工数がかからない。

なんと一年もの歳月を要したが、川角井根「堤外水路の砂利詰まり問題」は、これで解消する筈である。

南隣の田んぼ

1

二〇一八（平成三十）年五月七日(月)。

近畿地方に二〇〇ミリの大雨の天気予報があったので心配した。

今日は妻の麗奈《れいな》を柏原町の前田クリニックに連れて行く日である。麗奈は一月から右膝痛で通院している。整形外科の先生に患部に注射してもらい、リハビリテーション科でマッサージをしてもらったあと、隣接する薬局で痛み止めの薬をもらうのである。

麗奈は一月中旬から一カ月間は一週間に一度、それ以後は二週間に一度通院して七割がた回復したが、まだ完治しない。

麗奈は修と同年齢だが、学年は修が一つ上である。修は今年二月で六十五になったが、麗奈は十二月に六十五歳になる。

二人とも病院通いで忙しい。修は昨年末に右目の白内障手術をしたし、今年に入ってからは歯科通いをしている。それに持病の心臓の定期通院が二カ月に一度ある。

麗奈は数年前に脳出血で入院してから、退院後は月に一度の通院があるし、歯科には三カ月に一度、二日間通院する。それに加えて今回の右膝痛の治療である。

さらに、一週間に一度の食料品の買い出しがある。麗奈は脳出血以後運転できないので、外出時は修が車に乗せて出かける。

二人は年金暮らしである。民主党政権時に麗奈が脳出血で倒れ、三田市の病院に一カ月、篠山市の病院に二カ月間入院した。修は麗奈が入院中の三カ月間、毎日付き添いのために家から病院まで車で通った。

その折に使ったのが舞鶴若狭自動車道である。国道だと丹波市から三田市まで二時間もかかるが、高速なら三十分で行けた。

当時、民主党政権は高速道路料金を無料にしていたので、修は大いに助かった。

自民党政権に変わってから景気が良くなったというが、高速道路が有料になり、消費税が上がり、年金は目減りして、物価は上がった。

安倍晋三政権になってから、修夫妻のエンゲル係数は確実に上昇した。細々と年金で暮らす二人には、とんでもない政権である。

午前十一時二十分からの予約なので、家を十時五十分に出た。雨がかなり降っているので視界が悪い。

「病院のあと服が欲しいので、ビックに寄って」

助手席の麗奈が言った。

ビックとは氷上町にあるザ・ビッグエクストラのことで、イオングループのディスカウントストアである。修は麗奈の服選びにはうんざりしている。とにかく時間がかかるのである。ここは我慢して答える。

「分かった」


修の予想通り美和に帰ってくるのが、午後二時過ぎになってしまった。昼食はまだである。

雨脚が強くなった。国道一七五号線を左折して二八三号県道絹山市島線に入り、百メートル直進するとＪＲ福知山線の勅使踏切がある。

この道は二〇一四（平成二十六）年四月に新しくできたバイパスで、旧道は勅使踏切から北へ三百五十メートルのところに美和踏切があり、そこを通る。

旧道は狭く、民家の間を大型トラックがなんとか通れるぐらいの幅なので危険である。春日町側から修の家に帰るにはバイパスの方が近いし安全である。

旧道と国道一七五号線が交差する東勅使交差点には信号機があるが、このバイパスと国道の交差点には信号機がない。

バイパスは道幅が広く交通量も多いので、早く信号機をつけてもらいたいのだが、聞くところによると順番待ちのようだ。この交差点では妻の麗奈も昔追突事故に遭ったし、他にも数回事故が起きているのに、信号機がつかないのは役所の怠慢である。

勅使踏切を通る福知山線は、兵庫県尼崎市の尼崎駅から京都府福知山市の福知山駅に至る西日本旅客鉄道の鉄道路線（幹線）である。

尼崎駅から大阪駅までつながっているので大阪と北近畿、さらに山陰とを結ぶルートの一つなのだ。福知山駅から京都丹後鉄道で日本三景の天橋立を始めとする丹後半島への観光アクセス路線となっている。

この福知山線を通る列車の中で修のお気に入りは、二八七系の特急「こうのとり」である。その洗練された白い車体はスマートでかっこいい。

「こうのとり」の停車駅は、新大阪駅―大阪駅―尼崎駅―宝塚駅―（西宮名塩駅）―三田駅―（新三田駅）―（相野駅）―篠山口駅―（谷川駅）―柏原駅―（黒井駅）―福知山駅―和田山駅―八鹿駅―江原駅―豊岡駅―城崎温泉駅である。（）内は一部の列車のみが停車する駅となっている。延長運転時には福知山駅―大江駅―宮津駅―天橋立駅を通る。城崎温泉に行くのなら是非、二八七系の特急「こうのとり」に乗ってみて頂きたい。

福知山線は尼崎駅から篠山口駅までが複線で、篠山口駅から福知山駅までが単線である。

勅使踏切から一・五キロメートル北（下り側）に市島駅、四キロメートル南（上り側）に黒井駅がある。この踏切を渡って六百メートル行くと交差点があり、右手に留堀城址の小高い丘があり、左手には城《しろ》ヶ《が》花《はな》団地がある。

城ヶ花団地は二〇〇一（平成十三）年に入居が始まった丹波市の公営団地で、美和で一番新しい城ヶ花自治会となった。

この城ヶ花団地は地域の少子化対策の一環として、近隣の勅使自治会内にあった公営団地の老朽化に伴って建設され、一九九九（平成十一）年に一号棟が竣工、二〇〇一（平成十三）年に二号棟が竣工した。現在は一号棟三階建て二十七戸、二号棟三階建て二十七戸、公民館（一階建て）の三棟が建ち、付属の駐車場などを合わせた敷地が自治会の範囲となっている。

ちなみに、城ヶ花の名前の由来は、酒梨地区における字限図《あざきりず》によると、もともとは留堀城の城区域の端として小字は城ヶ端といわれたが、これを花に変え城ヶ花とされた。

修の家はこの交差点を右折して酒梨岸の下線に入り、百メートル行ったところの旧道との交差点で旧道方向に左折し、三百メートルも行けば着くのだが、大雨で増水する川角井根が心配なので、このまま県道を直進することにした。

「どこ行くん？」

全く井根などに関心のない麗奈が言った。

「川角井根」

「ふーん」

交差点から約三百メートル進み、美和川に架かる南橋を渡ったところで車を停めた。酒梨の取水⑧の上流側堤外水路を見るためである。川角井根より取水口が低いこの井根は、修の予想通り取水口から約十メートルの間、堤外水路が水没している。

南橋から十メートル進むと左手に川角大町があり、さらに二十メートル進むと右手に川角小町がある。

川角小町を通り過ぎたところに三差路があり、県道を外れて右折する。百五十メートル行ったところの十字路をさらに右折して、約百メートル進むと南橋から一つ上《かみ》の高町橋に着く。

この高町橋の真上から右手（下流側）を見れば丁度川角井根の取水口が見えるので

ある。修は車を橋の上で停めた。

美和川の水位は川角井根取水口のゲートを越えるか越えないかのところまできていたが、堤外水路は水没していない。

ゲートの高さは四十センチである。この高さを越えると堤外水路に砂利が入るのだが、今のところぎりぎりセーフのようだ。時計を見ると午後二時半だった。

そのまま百五十メートル直進すると旧道に当たる。その三差路を右折して二百メートルほど旧道を東へ走って我が家に着いた。二人はようやく昼食にありつける。

ちなみに、修の家からこのまま旧道を東へ百メートル行ったところが三輪小学校で、さらに二百メートル行くと留堀城址がある。


午後五時ごろに雨が小降りになった。修はカメラを持って再度、川角井根に向かった。大雨の時の写真を撮っておきたかったのである。

堤防の上から堤外水路の様子を見たら、川角井根取水口のゲートの上端から十センチ下まで川の水が減っていた。水路の中に水は無く、小石が少しだけ入っていた。この程度なら何の問題もない。修は一応堤防の上から写真を撮った。

次に向かったのが酒梨の取水⑧である。取水口と対岸の堤防（右岸側）からだと取水口と堤外水路がよく見える。川の水位は取水口あたりでゲート上面ぎりぎりまで減水していて、水路内に水は無い。

2

五月八日(火)。

午前五時半、左手に鋤簾を持ち長靴姿で愛車のスーパーカブに跨った。昨日の雨はすっかり上がっている。

修はいつものように三輪小学校のそばの農道を下って南橋まで行った。南橋の手前で右折して美和川左岸堤防道路を上流側へ進み、酒梨の取水⑧の井根にカブを停めた。堤防の階段を下りて取水口から堤外水路内を見ると砂利は無かった。水路沿いに下流側へ二、三十メートル歩いたが、何処にも砂利は無い。昨日は水路が十メートルも水没していたが、入ったのは水だけらしい。良かった。

次に川角井根に向かう。美和川左岸堤防道路を上流側へ走り高町橋で左折して、橋を渡り切ったところでもう一度左折して、右岸堤防道路を下流側へ少し行くと、川角井根に降りる幅九十センチのコンクリートのなだらかなスロープがある。

このスロープは二月に河川課の加藤が作ったものである。改修前の鉄筋をコの字に曲げた垂直階段で下りるより快適なそのスロープを鋤簾をかついで下りると、高町橋の手前に取水⑧の階段と同じ階段があるので、さらにその階段を下りると川角井根の取水口に着く。

川の水位は高さ二十センチの井根の堰板を五センチほど越えているので二十五センチぐらいだろう。

修は鋤簾で水の無い堤外水路内に入った小石をすくって川に捨てた。水路に入った石の量が少なかったので、作業は数分で終わった。

今日は丹波市健康診査の日である。修と麗奈は毎年受けている。今年も二人で出かけた。

健康診査は丹波市役所市島支所の隣にある、丹波市立市島農村環境改善センターの多目的ホールで実施される。

市島支所とセンターは竹田川の右岸側に建ち、美和川との合流地点から下流二キロメートルの位置にあるので、修の家から車だと五分もかからない。竹田川上田水位観測所はこの建物のそばにある。

丹波市立市島農村環境改善センターの設置目的が、センター条例の第一条に、次のように書かれている。

（設置）

第一条　農村地域社会を対象に農業経営及び生産技術の向上並びに生活環境の改善を図るとともに、住民相互の親睦及び健康増進の醸成に資し、農村の環境整備を効果的に促進するための拠点施設とするため、丹波市立市島農村環境改善センターを設置する。

このセンターで、丹波市市島町の住民が五月八〜十日まで健康診査を受けることになっている。以後、丹波市内の春日町、山南町、柏原町、青垣町、氷上町の順に実施され、終了日が六月十四日である。

修と麗奈は月のうち三分の一近く病院通いをしているが、年に一度ある、市の健康診査は無料なので受けることにしている。

この集団健診の嫌なところといえば、先ず順番待ちの方法である。パイプ椅子の背に番号札が貼ってあり、移動して隣の椅子に座り直すのだが、たかが二、三十秒ぐらいで座り直すのなら立っていた方が楽である。

次に嫌なのが身体測定後、そのデータを見ながら保健師のアドバイスを聞くことだ。今回の保健師は、おれの体重を六十キロにしないと駄目だと言った。現在六十八キロから、あと八キロも減らせと言う。二十代まではそれぐらいだったが、そんなことを言われても困る。

一体どうすれば体重が減るのかと聞いたら、晩酌はどのぐらいするのかと質問するので、日本酒が一合五勺と夕食のあとでウイスキーのダブルを一杯と答えると、その保健師は計算機を出してきて何やら計算をしたあと、日本酒かウイスキーのどちらかにしろと言う。

おれは「はい」と答えてその場を切り抜けた。余計なお世話である。

最後に一番嫌なのが、胃がん検診である。その手順は次の通り。

① 前日の午後九時までに食事を済ませ、それ以後検査まで一切食べてはいけない。

② 少量の水と炭酸を発生させる粉末（発泡剤）を飲む。その後ゲップはNG。

③ コップ一杯ぐらいの量（一五〇cc）のバリウムを飲む。

④ 検査台に乗り、検査技師の指示に従い体を動かす。このとき検査台が傾くの

で手すりにしっかりつかまる。

⑤　下剤を飲んでバリウムを出す。

この検査で嫌なのが④である。検査技師は胃を三六〇度に亘って撮影するのだが、バリウムをまんべんなく胃の中に行きわたらせるため検査台のおれに向かって、容赦なく右や左に体を回転させろと言う。重い体を動かすのが中々大変なのに、その命令口調の言い方は、まるで人を動物扱いにしているようで腹が立つ。

この日は女性の検査技師だった。おれは女性の検査技師に当たるのは生まれて初めてだった。女性を差別するわけではないが、きつい口調で理不尽な命令をされると余計に腹が立つ。

また、⑤も中々つらい。バリウムが完全に体内から出るのは翌朝で、それまで腹の具合が悪い。もっと快適な検査方法を開発してほしいものである。

3

五月九日(水)。

今日は気持ちの良い五月晴れである。午前十一時前、修は長靴姿で愛車のスーパーカブに跨った。

いつものように南橋まで行き、橋を渡って美和川の右岸堤防道路を上流側へ向かう。川角井根の用水を使う田んぼは八割方、田植えが済んでいる。

修は閉めていた川角井根の取水口を開けに来たのである。川の水位は高さ二十センチの井根の堰板いっぱいまであった。

断面が幅五十センチ×高さ四十センチの堤外水路が川とつながる部分が取水口である。その断面の入り口を、幅六十センチ×高さ四十センチ×厚さ六ミリの鉄板ゲートで塞いでいる。このゲートの重さは十一キログラムある。

修はいつものように十センチの拳大の石をゲートの下に敷く。そうすると水路の下部に幅五十センチ×高さ十センチの開口部ができる。

こうすることにより川の水位に関係なく、常に一定量の水が水路に入ってくる。その後、下流側に堤外水路沿いを歩き、取水口から十八・六メートル下《しも》で水路を閉じている第二ゲート（幅五十二・五センチ×高さ四十センチ×厚さ六ミリの鉄板）を引き抜いて、河川側の水路切り欠き部（幅五十センチ×高さ四十センチ）のスリットに差し込む。さらに十八・六メートル下にある第三ゲートも同じようにして、水路に水が通るようにする。

川角井根の堤外水路の全長は九十三メートルあり、河川側に水路切り欠き部が合計五カ所設けられている。

この切り欠きの目的は主に水路の掃除用だが、川の増水時には水路に流れ込んだ砂利が、切り欠き部直後の各ゲートで堰き止められるので、修は天気予報の降水量を確認して、降水量の少ない場合には第三ゲートぐらいまで閉じ、台風などの大水になりそうな場合には全てのゲートを閉じることにしている。

最後に堤外水路の最下流側にある堤内水路入り口の水門を開いてから、第六ゲート（最終のゲート）を河川側の水路切り欠き部分のスリットに差し込む（取水口を含めて六つのゲートがある）。これで堤外水路から堤内水路に水が入るのである。

水の流れるスピードは思ったよりも遅い。修が手際よく全ての動作を終えてから十数秒後に水が堤内水路に入った。

修は水の流れと同じ速度で川角井根から堤内用水路のそばの畦道を下流側へ歩く。

右岸堤防沿いを流れる堤内用水路は、修の川角小町の北西端で会所桝に入り、南へ直角に折れて川角小町の西側の畦沿いを流れ、川角小町の南側畦下を流れる排水溝の上をU字溝で渡ったところで東に曲がり、排水溝と平行して東に向かう。

この用水路のすぐ上を平行に通っているのが二八三号県道絹山市島線である。

用水路は川角小町の南東端で会所桝に入り南へ直角に曲がり、県道下を内径四十センチの土管で横断したところで、県道の南側を通る用水路と会所桝でつながる。

修は県道を横断して南側へ行った。その会所桝で県道沿いに上手から流れてきた用水と川角井根の用水が合流する。

修の川角大町の北西端にあるこの会所桝には四方に口があり、二つの入り口と二つの出口がある。

入り口側は、県道沿いの用水路を上手から流れてきた用水が入る西入り口と、県道を横断して川角井根から流れてきた用水が入る北入り口である。

出口側は、川角大町北側の畦沿い（県道沿い）の用水路へ流れる東出口と、川角大町西側の畦沿いの用水路へ流れる南出口である。

この会所桝には問題があった。普通の会所桝は東西南北の口の高さが全て同じだが、この桝は南出口が他の三カ所の口よりも二十センチ高い。

その理由は、川角大町の南隣の田んぼに水を引くためである。

川角大町と南隣の田んぼの地面の高さが同じなので、南隣の田に用水を引くために、この会所桝の出口で、用水路の高さを二十センチ高くして、水路に勾配をつけたのだ。

南隣の田へ水を引くときには、会所桝の東出口をシャッターで塞ぎ、桝内の水位を上げて、南出口の用水路へ水を流すのである。

南隣の田んぼの生い立ちを、父から聞いたことがある。

元々、川角大町の南隣は三反の大きな田んぼだったが事情により、その田んぼを南側の二反と、北側の一反に分筆したのである。

分筆前は、川角大町は北側の用水路を使い、南隣の三反の田んぼは南側の用水路を使っていた。

分筆後、二反の田んぼと、川角大町に挟まれた形の、一反の田んぼには用水路が無くなったので、川角大町の西側の畦沿いに新しく用水路を作って、北側の用水路から水を引くようにしたのである。

修はその川角大町西側の畦沿いの用水路を見て、目を疑った。その用水路から大量の水が溢れ出し、川角大町に入っているではないか。

これはいけないと思い、先ず川角井根から来る水を止めるため、県道を横断して川角小町の南西端へ行った。

ここには用水路から排水溝へ水を逃がすための排水口があるので、川角大町に行く水を堰き止めて全て排水溝へ流した。

それから県道を横断して、川角大町北西端の会所桝に戻った。北入り口から来る用水が完全に止まっても、まだ用水路から水が溢れ出し川角大町に大量の水が入っている。これは西入り口から入る水量が多いためだと分かった。

修はこんな状況を見るのは初めてだった。昨日の大雨で西入り口に入る用水路に大量の水が流れてきたのだ。

この会所桝の入り口と出口の関係は、西入り口のU字溝の寸法が幅三十センチ×深さ三十センチ、北入り口が内径四十センチの土管、東出口のU字溝の寸法が幅三十センチ×深さ三十センチ、南出口のU字溝の寸法が幅二十五センチ×深さ二十五センチなのである。

従って、今回のように北入り口閉、西入り口開、東出口閉、南出口開のときはU字溝の断面積が足りない分だけ、水が溢れ出る。

これは完全な用水路の設計ミスである。南出口のU字溝の寸法を西入り口と同じ幅三十センチ×深さ三十センチにしておけば、こんなことにはならないのだ。

だが、今更そんな改修工事はできないので、すぐにできる対策は二つしかない。

一つはシャッターを引き抜いて東出口を全開にするか、もう一つはシャッターを適度に開いて、南出口に行く水量を調整するかの二つである。

川角大町の南隣の田んぼには水が必要なので、修はシャッターの下に高さ十五センチほどの石を敷いた。

すると、南出口の水量が減り、用水路の水位が上面から二、三センチ下がったところで落ち着いたので、修は家に帰った。


その日の午後四時過ぎに、用水路の水位が気になっていた修は再確認のため川角大町に行ってみた。

するとまたもや、用水路から大量の水が溢れ出して、川角大町に入っているのだ。

修は慌てて会所桝のシャッターを確認したが、上から見る限りシャッターは半開きの状態である。何故水が溢れるのか不思議に思って手をシャッターの下に入れてみた。

するとビニールの肥料袋が出口を塞いでいたのである。修は直ぐにその袋を取り去った。これで水の溢れ出しは止まった。

修はその後、川角大町の中を歩いてみたが、すでに田んぼの中は水びたしになっていた。よく乾いていたのにこれでは、しばらくは田んぼを鋤けない。

県道を軽トラックが通った。野村直樹《のむらなおき》の車である。野村は修の斜向かいの家で、三つ年上である。

野村は丹波ひかみ農協を五十五歳で退職して、今は農業をしている。自分の田んぼが一町歩ほどあり、米と野菜を作っている。

県道沿いの田んぼの大きなビニールハウスで作る野菜は日銭が入り、米より効率が良さそうである。

野村は川角井根世話人の責任者だった。修はこの事態について意見を聞こうと思い、川角小町の西隣の田んぼでスイートコーンを栽培している野村に会いに行った。

「こんちは」

「何や？」

いつものように気安く野村は言った。修は今日の出来事を詳しく野村に説明した。

野村が言う。

「肥料袋が上から流れてきたんか？」

「そやと思うけどねー？」

「しかし、シャッターの下に石を敷くのも大変やろ」

「水の勢いがあるさかい、石が流されるので大変やった」

「シャッターを短く切って、余分な水をシャッターの上側を流れるようにしたらどうや？」

修はしばらく考えて言う。

「それやったら、シャッターの上から出る水の位置が高いので、流れ出た水が畦を越えて川角大町に入るので、今と同《おんな》じや」

「そうか。そらあかんな」

「今の状態を石無しでできたら良いのやけど……」

「石が無かったら、シャッターの重さでシャッターが下に下がってしまうで……」

「そや、それやったらシャッターが途中で止まるようにストッパーを付けたらええんやろ？」

「それが難しいのやないか」

修はまた考えてから言う。

「分かった。U字溝の上側に当たるように何かを溶接で止めたらよいんや」

「……」

野村には理解ができないようだ。

そんな話をしていると、県道を一台の自転車が通った。

修は野村に言う。

「あれ、荻野保夫《おぎのやすお》さんやろ？」

「そうや」

荻野保夫とは、川角大町の南隣の田んぼの持ち主である。水が当たったか見にきたようだ。

「おれ、ちょっと言うてくる」

修は川角大町が水びたしになったことを、荻野に抗議に行った。

「こんちは」

「あー、こんちは」

荻野は与戸の人だが、養子さんであまり農業に詳しくない。修より三歳年上である。

「お宅の田んぼの水は、なんぼ入れてもろてもええんやけど、うちの田に入れてもらったら困ります」

「？？？」

荻野は修の言っている意味が分からない。

修の田と、隣の荻野の田の間には、大きな排水溝がある。

修は川角大町の排水の出口を指差した。三本の排水口からは、その排水溝へ放物線を描いて勢いよく水が出ていた。

「あれ見て。うちの田は今年も永井くんに貸すんやけど、豆をつくると言うとった。こんな水びたしでは畑にでけへんやないか」

「？？？」

まだ自分のしたことが理解できない荻野はきょとんとしている。修は荻野に言う。

「悪いけど、ちょっと来てもらえますか？」

修は川角大町の北西端にある会所桝に荻野を連れて行った。

「これ見てもらえます」

修は会所桝南出口から延びるU字溝を指差した。そのU字溝には水が溢れた跡が濡れて残っている。

「昼前にここに来たときに水が溢れとったんで、シャッターの下に石を敷いて溢れんようにして帰ったんやけど、さっき来たらそこに肥料袋が詰まっとって、また溢れてたんや」

「そんなことやったんか」

荻野は水が溢れたことを今知ったようである。修が言う。

「そんなもん、ちょっと見たら分かりますやろ？」

修はきつい調子で言った。荻野は素直に謝る。

「悪かったね」

「これだけ田んぼに水が入ったら、乾くのに一週間ぐらいかかるやろな」

「どないしたらよいんやろ？」

荻野は修に聞いた。

「さっきも、その対策を野村さんに相談してたんやけど。こうしたらどうです」

修はシャッターを会所桝のスリットに差し込んで、途中で止めた。東出口から少し水は出ているが、南出口へも十分な水が流れた。

「この状態でシャッターが止まるように、ここにアングルを溶接します」

「それやったら溢れへんな。せやけど、上《かみ》から来る水が少ないときには南へ行かんと東に出てしまうやろ？」

荻野は自分の田んぼに、水が来なくなることを心配した。

「そういうときには、シャッターを裏返しにして、アングルの無い面を東側にしたら、全閉にできます」

「おー。なるほど」

「これでどうですか？」

「それでええ。そうして」

「分かりました。そしたら野村さんにそうしてもらいます」

荻野は自転車で帰って行った。


修はもう一度野村の田んぼへ戻り、荻野が了解したことを野村に伝えた。

「？？？」

野村は現場を見ていないので、もう一つ理解できていないようだ。修が言う。

「どうするか具体的にシャッターにマジックで書くので、やってくれますか？」

「分かった。書いてもってこいや」

「了解」

修は早速メジャーとマジックを取りに、家に帰った。

会所桝に戻った修はメジャーで測りながら、シャッターを止める位置を決めた。

シャッターは幅四十センチ×高さ四十五センチ×厚さ六ミリの縞鋼板《しまこうはん》製で、上部には九ミリの丸鋼をコの字に曲げた取っ手が溶接されている。縞鋼板より鋼板の方が安いのだが、たまたま鋼板が無かったのだろう。

位置が決まって、いざシャッターにマジックで書こうとしても、シャッターが濡れていて書けない。

しかたがないのでシャッターが乾くまで待つことにして、その間修は南田で仕事をした。

二十分後。

よく乾いたシャッターの縞模様が無い方の面に修は次のように書いた。

下端から百八十五ミリの位置に下面に平行に横線を引き、右端から二十ミリの所に縦線を短く入れた。そして、横線の上側に「L25×25×t3－345l溶接」と記入した。

この意味は、断面寸法が二十五ミリ×二十五ミリ×厚さ三ミリで、長さ三百四十五ミリのアングル（等辺山形鋼）を、ここに溶接しなさいということである。

溶接されたアングルの下面が、会所桝東出口のU字溝（幅三十センチ×深さ三十センチ）の上部に当たって、シャッターがそこで止まり、U字溝の下部が百十五ミリ開き、水が出ていくので南出口のU字溝（幅二十五センチ×深さ二十五センチ）からは水が溢れ出ない。

今回のように西入り口からU字溝に多くの水が来るのは大雨のときぐらいで、普段はU字溝の三分の一程度の水量である。

普段の日にはシャッターを裏返して、スリットに差し込むと、アングルの無い面が東出口のU字溝側になり、シャッターが全閉になるので会所桝に入った水が全部南出口のU字溝へ流れる。

修はそのことを野村に説明した後、野村の軽トラックにシャッターを載せた。野村は田んぼからの帰りに、鉄工所へシャッターを持参するのである。

4

五月十日(木)、午前十時。

ピンポーン♪　修の家のチャイムが鳴った。

「お早う」

野村である。

「できたで。ちょっと見て」

修はメジャーで、シャッターに溶接されたアングルの位置と長さを測った。

「オーケー。あんばいできとる」

「あとで、会所桝のとこに置いとくわ」

「ありがとう」

これにて一件落着である。

農会

1

「渕上さん、この木は何《なん》ちゅう木やったいな？」

「それはセンリョウや」

こうして美和の里山を歩くのは幼いころ以来である。山が一斉に芽吹き始めた二〇一五（平成二十七）年五月十七日㈰の午前八時からの鹿柵の点検と補修は、農会役員の初仕事だった。

与戸農会の役員は農会長、副会長、会計、各組役員、合わせて十二人。三班に分かれて与戸自治会内の鹿柵を点検・補修する。

修の班は六、七、八組の役員三人である。一番年長が七組の渕上亨《ふちかみあきら》（六十八歳）、次が六組の木村利夫《きむらとしお》（六十七歳）、そして八組の阿部修（六十二歳）で、かなり高齢化が進んでいる。

この三人は各組選出の農会役員で、早い話が順番制でやっている。与戸自治会は九組まであり、自治会員数が百六人なので、九組で割ると平均組員数が十二人となる。

昔からの組割りのままなので、六組が十三人、七組が十人、八組が十五人とかなり組員数にばらつきがある。

組長と農会役員は、順番制の二年交代なので、組員数×二年の間隔でどちらかの役が回ってくる。

従って、七組の場合は二十年に一度、八組の場合は三十年に一度、組長と農会役員をするわけで、七組は八組と比べると十年も早く役員が回ってくることになる。

渕上は今回で農会役員が五回目だそうだ。確かに七組は早く回ってくるが、どうも計算が合わない。

どうして五回も農会の役員をしているのか本人に聞いても言わないので、木村に聞いたところ、組長を外してもらい、農会の役員ばかりしているそうである。要は組長をするのが嫌なようだ。

しかし、五回目ともなると農会のことなら自治会の誰よりも深く詳しく知っていた。

修は農会役員が二回目で、三十年も間隔が空いているので前のことはすっかり忘れてしまっている。その上農業をしていないので知らないことばかりで、渕上をとても頼りにしている。

「修くん。センリョウに興味があるんか?」

「家の前栽にマンリョウはあるけど、センリョウがないんです」

「まー、どこの家でもあるのは、大体マンリョウやな。持って帰れや」

「近いので、またとりに来ますわ」

二人は鹿柵フェンスの山側を歩いていた。里側の山裾の道には補修用の材料を積んだ軽トラックを運転する木村がいる。

「ここ破れとんな」

先頭を歩く渕上がフェンスの破れを発見した。

「おーい。金網とアンカー四、五本を持って来て」

渕上が大きな声で木村に言った。

木村はアンカーを右手に持ち、ロール状の金網を担いで道なき山中を登ってきた。

「これでよいか?」

「よいよい」

木村はロール状の金網を、高さ二・一メートルの鹿柵フェンスを飛び越すように勢いよく山側に投げ入れ、アンカーは金網のすき間から修に渡した。

ロール状の金網の縦幅は約一メートルで、太さが二・四ミリの鋼線で編まれた網目は横十五センチ×縦十センチの長方形である。

補修の方法は、破れた面積より少し大きめに切った新しい金網を破れたフェンスの上に当て、シノで古い金網に新しい金網を巻きつけて固定する。地面との合わせ目は新しい金網の下側を三十センチ程度九十度折り曲げて山側に出し、アンカーで地面に固定する。

作業に慣れている渕上はこの作業を手早くやる。

「流石、上手ですね」

「そんなことあるかい」

渕上は修より六つも歳上なのだが、全く偉ぶるところがない。

「ほな、行《い》こか」

「はい」

三人の担当区域は酒梨《さなせ》地区と与戸地区の境がある岡鼻池から、三輪神社の上の乙河内《おとがわち》地区との境までの約一キロメートルである。

途中、山の中腹に祀られている稲荷神社の麓にある鳥居のそばで休憩した。不思議なめぐり合わせの三人の雑談は広範囲に及び、修には新鮮だった。

休憩後、点検を開始した。稲荷神社辺りは岩場の急勾配なので歩きにくいが、渕上は慣れた足取りでどんどん進む。心臓が悪い修はついて行くのがやっとだ。

少し勾配が緩くなったところで渕上が立ち止まった。しばらくして、修が追いつくと渕上が言う。

「これ、ええなー」

そこには形の良い枯れ木があった。修はそれを見て言う。

「中々、ええねー」

「解るか？」

「なんとなく」

渕上は風流人だった。

そこから少し行くと、また急な岩場になった。フェンスの下部と岩のすき間が三十センチ程度開いている。岩場なのでアンカーは入らない。渕上はしばらく考えてから木村に大声で言う。

「有刺鉄線もってきて」

渕上は有刺鉄線でそれを塞いだのである。修は渕上の仕事ぶりに益々感心した。

二時間近くかかって、乙河内地区との境まで来た。フェンスの破損箇所は大小合わせて六カ所だった。

乙河内地区との境は急勾配の崖で、真下には旧道与戸乙河内線があり、その道路の数メートル下側を美和川が流れる秘境のようなところである。

近くには美和川と長尾川の合流点があり、そのすぐ下流側に高の浦橋がある。その橋を渡った右手が三輪神社である。

旧道与戸乙河内線まで下りてしばらく休憩を取ったあと、木村が農会長の木高力に携帯電話をかけた。

電話を切った木村が言う。

「由利《ゆり》に来いと言うてるで」

由利とは五大山々麓の白毫寺地区との境である。

三人は木村の軽トラックに乗り込み由利へ向かった。由利に着くと渕上と修は鹿柵扉から山側に入り、永郷池に向かって点検を始めた。

修はこの辺を歩くのは生まれて初めてだった。渕上が言うには、この辺は渕上株の持ち山が多く、戦時中は畑にしてさつまいもなどを栽培していたそうだ。今は竹やぶになっているが、なるほど、山中なのに平地である。

「これもええなー」

先を行く渕上が言った。視線の先を見ると、苔むした形の良い岩があった。

「中々、ええねー」

二人は足を止めた。渕上が言う。

「ええけど大き過ぎて運べんな」

「そうですね」

二人は点検を続けた。二カ所程度網の破れを修理したとき、上《かみ》から声が聞こえた。どうやらここの担当区域の連中が下《くだ》ってきたようだ。その班と出会ったところで今日の作業は終了した。

2

与戸農会は丹波市の農業施策や農協の事業を推進するための機関として各種事業の啓発推進、自治会内の農業振興に努めてきた。近年は米の生産調整、農地管理、獣害対策など従来と異なった事務を行っている。主な事業は次の通り。

月　　事業内容

一月　作物作付計画書の配布と回収
二月　土手焼き
三月　戸別補償金交付（米戸別補償、水田利活用）　鹿柵の点検と補修
四月　総会　水稲生産実施計画書（営農計画書）及び水稲共済の配布と回収
五月　鹿柵の点検と補修
六月　戸別補償加入申請　鹿柵の点検と補修・除草剤散布

七月　転作現地確認　鹿柵の点検と補修・除草剤散布　農会費徴収
八月　水稲損害評価　鹿柵の点検と補修
九月　水稲損害評価
十月　戸別補償交付申請　自治会運動会準備
十一月　建物・農機具共済取りまとめ　鹿柵の点検と補修
十二月　農会費徴収

3

米の生産調整のための転作現地確認は、農会の重要な仕事になっている。田植えが終わった七月に農会役員が実際に田んぼに行って確認する。

二〇一五(平成二十七)年七月二十六日(日)の午前八時、その作業が始まった。まだ午前八時だというのに土用の太陽がギラギラと照りつける。

五班に分かれて作業をする。四班が転作現地確認班で、残りの一班は鹿柵周辺の除草剤散布班である。

今回は渕上が鹿柵の除草剤散布班に入り、木村と修が六、七、八組の田んぼの転作現地確認をすることになった。二人で百数十筆の田んぼを確認する大変な作業である。徒歩で回ってもよいのだが、二・五キロメートルの範囲に田んぼが点在するため、木村の軽トラックで行くことにした。

「一回聞こと思てたんですが、この軽トラック買《こ》うたんですか?」

木村の家に軽トラックが無かったと思っていた修が、木村に聞いた。

「今回、農会の役員になったんで買うたんや。物入りやで」

「ほんまですか？」

木村は冗談とも本気ともつかないことを、平気で言う面白い人である。

農会ベテランの渕上が除草剤散布班になったので、経験の少ない木村と修で回るのだが、二人とも確認する田んぼの位置が分からないので、農会長からA0《エーゼロ》判（縦八四一ミリ×横一一八九ミリ）の田んぼの地図を渡された。地図には田んぼの地番が記されている。

木村が運転する軽トラックの助手席で、修はその地図と格闘するはめになった。A0判の地図は狭い軽トラックの助手席では、大き過ぎて広げられないので折りたたんで見るのだが、折りたたむと目標の田んぼが探しにくい。

転作現地確認の方法は四月末に耕作者が、丹波市に提出した「水稲生産実地計画書」に基づいて作成された「経営所得安定対策現地確認カード」と、現地の作物が合致しているのかを確認して、合致していれば確認者がサイン欄に確認印を押すのである。

「経営所得安定対策現地確認カード」は一筆に二種類の作物を作ると、カードが二枚になる。

カードは横十センチ×縦十五センチで、雨に濡れても大丈夫なように白色の薄いプラスチックでできていて、次の内容が書かれている。

平成27年度
経営所得安定対策現地確認カード
耕作者　農会名　649　与戸
　　　　　氏　名　7603198O　美和太郎
水　田　　　　　0001−001　1作目
　　　　　地　番　ヨト　2269
　　　　　面　積　190㎡／全体　390㎡
黒大豆　（実どり・枝豆）
（出荷・自家用）
該当する項目に○をしてください　[P−251]
丹波市　サイン（　　）

６４９－８６

従来のやり方では「経営所得安定対策現地確認カード」を耕作者に渡しておいて、そのカードを該当する田んぼに立てた棒の先に挟んでもらっていたが、よく風などでカードを紛失することがあり、最近では農会役員が予め耕作者に内容確認しておいたカードを、転作現地確認のときに持参する。

木村と修は二百枚余りのカード（田んぼの数は百数十筆だが、一枚の田に複数の作物が作られるため、カードの数は二百枚余りになる）を持って、転作現地確認を始めた。

「この地番の田んぼは何処や？」

運転する木村が修に聞くのだが、地図でそれを探す修は中々その場所を見つけ出せない。

「ちょっと、停まるで」

木村の軽トラックは中古車なので、エアコンがあまり効かず車内は蒸し風呂状態だった。

「暑いなー。窓開けよか？」

木村はウインドレギュレーターのハンドルを回して窓を全開にした。

「おれも開けます」

修も同じように窓を全開にした。

「あー涼し」

「もっと早よう開けといたらよかった」

「ちょっと一服しよか？」

「そうですね」

二人はしばらく休憩をした。

「これは大変やな」

「ほんま、参りますねー」

炎天下での転作現地確認は困難を極めた。

「これが終わったら、冷たいビール飲みたいのー」

木村が言った。

「そら、農会長も考えてますやろ」

「十分、午前中かかるで」

「当然、昼飯も出ますやろ」

作業終了後、二人の予想通り公民館の会議室で、ほっかほっか亭のうな重と冷えた缶ビールの昼食が出た。

4

毎年一月に丹波市地域農業再生協議会から水稲作付面積目標が通達される。その内容は次の通り。

与戸
美和太郎　様

（公印省略）丹再協第〇〇号
平成28年1月13日
丹波市地域農業再生協議会
会　長　丹波一郎（丹波市副市長名）

平成28年生産米における水稲作付面積目標の通知について

平素は、農業振興につきまして、ご協力賜り厚くお礼申し上げます。

さてこの度、平成28年産米の全国生産数量目標として743万トンが設定され、兵庫県には17万8510トン、兵庫県から丹波市には1万3676・78トンが生産数量目標として情報提供されました。

丹波市地域農業再生協議会ではこの情報を基に、水稲担い手農家（本地面積の合計2・5ha以上かつ主食用水稲作付面積が2ha以上）の育成と経営安定の観点で、農業者の配分等について協議し、農家配分の一般ルールとして、本地面積の合計に対して、水稲担い手農家に76・9％、一般農家に57・1％の水稲作付率を決定したところです。

つきましては、生産数量目標を協議会で決定した配分の一般ルールに則して、貴殿の平成28年産米における水稲作付面積目標を左記のとおり通知させていただきますので、水稲作付計画を立てていただき、「平成28年度　作物作付計画書」を提出下さいますようご依頼申し上げます。

なお、左記の水稲作付面積目標には、加工用米面積が含まれておりません。

加工用米の生産希望者は、農会長様にご相談下さい。

記

水稲作付面積目標　　20・40アール（↑例）

加工用米とは、主食以外に用途が限定された「用途限定米穀」の一種で、次の用途に供給することを目的とした米である。

① 清酒、焼酎、その他米穀を原料とする酒類
② 加工米飯（密封包装したレトルト米飯、冷凍米飯等であって、二カ月以上の保存に耐えられるもの）
③ 味噌、その他米穀を原料とする調味料
④ 米穀粉、玄米粉、その他これらに類するもの
⑤ 米菓、その他米穀を原料又は材料とする菓子

⑥　玄米茶、ビタミン強化米、甘酒、アルファ化米又はアルファ化米を原料とする製品、漬物もろみ、朝食シリアル、乳児食、ライススターチ、いり玄米スープ、包装もち、水産練製品及び米穀粉混入製品

⑦　その他、農林水産省生産局長が特に必要と認めた用途

二〇一七（平成二十九）年の水稲作付面積目標は、二〇一六（平成二十八）年と同じ水稲担い手農家に76・9％、一般農家に57・1％の水稲作付率としている。

減反廃止となった二〇一八（平成三十）年は、丹波市地域農業再生協議会が次のような目安を農家に通達した。その通達には「通達番号」も「会長名」もなかった。

与戸
美和太郎　様

平成29年12月20日

丹波市地域農業再生協議会

平成30年度　水稲の作付生産目安について

平成30年度から国の米政策が見直されたことにより、米の直接支払交付金が廃止となり、それに伴い米の生産数量目標の配分も廃止となりました。

そこで本協議会では、農家の皆さまの混乱を避けるために、水稲を作付していただく際の目安を示すこととしました。

目安数値の達成・未達成にかかわらず、農業者の皆さまに不利益等はございませんが、自己保全・不作付地等の解消などと併せて、需要に応じた特産物の振興を図るために、引き続き丹波市の農業振興にご協力賜りますようお願い申し上げます。

美和太郎　様分　　水稲目安　　（単位　a）

	平成29年度生産数量目標	平成30年度目安
水稲	20・4	23・9（↑例）
水田面積計	35・8	35・8（↑例）

※目安の数値は、需要量調査等を元に設定した丹波市全体の目安（３０６３ha）を元に、平成29年度の生産数量目標に９・８％を上乗せし、水稲担い手農家（水田面積の合計が２・５ha以上かつ水稲作付面積２ha以上）の方で水田面積の86・６％、それ以外の農家の方は水田面積の66・８％で設定しております。

米生産量の目安とは、需要に見合った米の生産量を示す指標。減反政策廃止に伴い、国が二〇一八年産から「生産数量目標」の産地別の配分をやめることを受け、主に各道府県の農業再生協議会が設定。多くは作付面積とセットになっている。作り過ぎや米価下落の歯止めとする狙いがある一方、農業振興のために確保したい生産量の意味合いを持たせた県もある。道県の多くは地域や生産者別に割り振る。

二〇一八（平成三十）年一月十二日付の『神戸新聞』には「18年生産目安」として次の記事が掲載された。

コメ増産、12道県止まり　減反廃止元年　値崩れ警戒

国による生産調整（減反）が廃止となる２０１８年産米に関し、45道府県が設ける生産量の「目安」が11日、出そろった。減反時代の17年産で立てた目標量より増やしたのは北海道など12道県にとどまり、半数近くの22県は据え置き、８県は減らした。単純比較できない新潟、京都、兵庫を除く42道県の目安量の合計は1万２６４０トン（０・２％）の伸びだった。

自由な経営判断でコメを作れるようにする農政の転換後も、値下がりにつながる増産に慎重な姿勢が表れた。ただ目安に生産現場への強制力はなく、減反に参加した農家への補助金がなくなるため、実際の収穫量は目安を超える可能性もある。

目安は、国が主食用米を中心に産地に割り当ててきた生産数量目標に代わるもの。東京、大阪を除く道府県の農業再生協議会などが決め、大半は作付面積も示した。

生産量を変えなかった22県は、政府が18年産の適正な全国生産量を17年目標と同じ７３５万トンと見積もったことに合わせた。減反時代と同じように、全国の量

にそれぞれ県別シェアを掛けたことから横ばいになった。

増える目安を示した12道県では、首都圏の消費が見込める千葉の伸び（1万8674㌧）が最大。同じく増産の北海道や埼玉、神奈川、奈良、高知とともに17年は減反目標を超える量が収穫されており、実態に近づけた面もある。青森や宮城は、主食用のうち外食店が使う業務用米の不足に対応し、作付けを増やす。

一方、減少の8県のうち福島や熊本は地域が作りたい量を足し合わせても17年目標を下回り、大豆などへの転作の進展や高齢化による生産力の低下が影響したようだ。

また、100㌧未満の微増減が6県あり、うち愛知と三重は、種子用を除いた純粋な主食用米は横ばいとしている。

単純比較できない3府県は独自指標を設け、京都は作付面積だけを示した。新潟は身内で消費する分を、兵庫は栽培が盛んな酒米をそれぞれ除く量を示したが、過去の実績で換算すると主食用米は実質的に増産となる。

需要に応じた生産促す

Q&A■減反廃止

国は長年続けてきたコメの生産調整（減反）を廃止しました。

Q　減反とはどのような政策ですか。

A　主食用米の価格が作り過ぎで下がらないよう、国が供給量を調整する政策です。農林水産省が毎年11月末ごろ翌年産米の生産数量目標を示し都道府県に配分する仕組みです。１９７１年から本格的に始まりました。

Q　なぜ廃止を。

A　農家が売りたいコメを自由な判断で作ることを妨げていると判断したからです。２０１８年産のコメから生産目標を都道府県に配分せず、全国の需給見通しの提示にとどめました。減反に参加した農家の10アール当たり７５００円の直接支払いもやめ、需要に応じた生産を促します。

Q　目標がないと農家は困りませんか。

A　45道府県は国の生産目標に代わる生産量の「目安」を設けました。市町村別や生産者別まで細かく示すケースもありますが、いずれも強制力はありません。

Q 課題は。

A 食の多様化や小子化の影響でコメの需要は減少傾向が続いています。一方、生産量の減少で米価は全般的に高値傾向にあり、外食や中食向けの業務用米は不足してパックご飯などの値上がりを招いています。生産コストを減らして安価なコメ生産につなげ、消費離れに歯止めをかけることは大きな課題です。

この作品は著者の体験を基にしていますが、フィクションです。
登場する人物、団体は実在する人物、団体とは関係ありません。

後記

この世で一番のご馳走は何かと聞かれたら、作者は「炊き立ての白いご飯」と答える。おかずは何でもよいが、生卵などをかければもう言うことはない。

日本人なら誰でもそうだろうと勝手に思っていたら、最近は米の需要が減少しているそうである。

農林水産省のデータによると、米の一人当たりの年間消費量は一九六二年度（昭和三十七年度）をピークに一貫して減少傾向にある。

具体的には、一九六二年度には一一八キログラムの米を消費していたが、二〇一三年度（平成二十五年度）には、その半分程度の五十七キログラムにまで減少している。また、米の需要量は毎年約八万トンずつ減少傾向にある。

全国の耕作放棄地は約四十万ヘクタールあり、その面積は奈良県よりも広い。高齢者が支えている日本の農業は、彼等の体が動かなくなると耕作放棄地が増えていく。

食糧自給率がたった三十八パーセントの日本に耕作放棄地が増え続ける現状を憂う。

日本人は各分野で仕事をしているので、全員が作物を作れるわけではないが、食事の準備ぐらいはしてほしい。生きるためには「食」が欠かせないのに、実に「食」に無関心ではなかったか。

土を忘れたときから人間はろくでもない道を歩き始める。日本人一人ひとりが「食」について真剣に考え直すべきである。

二〇一八年　秋

西安勇夫

西安　勇夫（にしやす　いさお）

1953年　兵庫県丹波市生まれ。作家
2005年　デビュー小説『ミシガン無宿 ── アメリカ巨大企業と渡り合った男』発表
2006年　小説『青く輝いた時代《とき》』発表
2007年　小説『山桜花』発表
2008年　コラム『ニッポンは何処へ行くのでしょうねー』発表
2010年　小説『自動車革命 ── 貴婦人のひとりごと』発表
2012年　小説『ダイヤモンド・シーガル ── 脳卒中闘病記』発表
2014年　小説『本卦還り』発表
2016年　小説『自動車革命 ── 貴婦人のひとりごと　2』発表
2018年　小説『丹波田園物語』発表

丹波田園物語

2018年10月23日　初版第1刷発行

著　者　西 安 勇 夫
発行者　中 田 典 昭
発行所　東京図書出版
発売元　株式会社 リフレ出版
〒113-0021　東京都文京区本駒込 3-10-4
電話 (03)3823-9171　FAX 0120-41-8080
印　刷　株式会社 ブレイン

ISBN978-4-86641-184-2 C0093
Printed in Japan 2018

ご意見、ご感想をお寄せ下さい。

［宛先］〒113-0021　東京都文京区本駒込 3-10-4
東京図書出版